KB191195

십대에게 들려주는

어른 김장하

십대에게 들려주는
어른 김장하

2025년 5월 20일 초판 1쇄 발행

| 글 | 김주완 |

책임편집	이헌건
디자인	박정화, 김다솜
마케팅	김선민
관리	장수댁
인쇄	정우피앤피
제책	바다제책

| 펴낸이 | 김완중 |
| 펴낸곳 | 내일을여는책 |

출판등록	1993년 01월 06일(등록번호 제475-9301)
주소	전라북도 장수군 장수읍 송학로 93-9
전화	063) 353-2289
팩스	0303) 3440-2289
전자우편	wan-doll@hanmail.net
블로그	blog.naver.com/dddoll

| ISBN | 978-89-7746-871-9   43810 |

ⓒ 김주완, 2025

줬으면 그만이지

십대에게 들려주는
어른 김장하

김주완 지음

내일을여는책

목차

5부 김장하의 생각

부록 어록 모음·김장하 선생 연표

김장하 선생은 어린이와 청소년을 특히 사랑합니다.

작년 늦가을 오랜만에 명신고등학교를 찾았을 때 학생들과 악수를 나누는 선생의 표정은 천진난만한 아이처럼 밝았습니다. 선생은 늘 그랬습니다. 엄숙 진지하게 있다가도 아이들만 보면 만면에 미소를 짓습니다.

선생은 자신의 선행이 알려지는 걸 원치 않았습니다. 자신의 이야기가 영화로 나오는 것도 반대했습니다. 그런데 "청소년에게 많이 보여주고 싶어요"라는 영화감독의 말에는 누그러지는 모습을 보였습니다.

10대 청소년을 위한 책을 쓰자는 제안에도 한참을 망설였습니다. 그러다 어느 날 슬며시 말을 꺼냈을 때 선생의 반응은 이랬습니다.

"그걸 아이들이 읽을까?"

이 말씀에 용기를 냈습니다.

누구나 선생처럼 될 수는 없습니다. 그렇게 살기도 어렵습니다.

선생도 그 많은 장학생에게 자신의 생각이나 삶의 방식을 권하지 않았습니다. 심지어 '공부 열심히 해라'라는 말조차 하지 않았습니다. 그저 말을 들어주고 "뭐 어려운 일은 없나"라고 묻기만 했습니다.

"칭찬하지도 말고 나무라지도 말고 그냥 가만히 봐주기만 하면 돼."

이는 선생 자신에 대한 말이기도 하지만, 모든 사람을 대하는 태도이기도 합니다.

아무리 어린아이라도 성인과 같은 독립된 인격체로 존중하고 기다려주었습니다.

저는 이 책을 읽는 여러분들이 선생의 베풂과 나눔, 그

금액이나 숫자보다는 선생이 지금까지 살아오면서 보여준 삶의 태도에 주목했으면 좋겠습니다. 그래서 사람에 대한 선생의 한결같은 존중, 어리다고, 힘이 약하다고, 가난하다고, 여자라고 차별받아서는 안 된다는 그런 삶의 태도를 이 책에서 발견할 수 있기를 바랍니다. 그런 태도는 돈이 없어도 누구나 할 수 있는 일입니다.

좀 똑똑하다고 자신보다 덜 똑똑한 사람을 업신여기지 않는 그런 사람만 늘어나도 우리 사회는 더욱 따뜻해질 겁니다.

바로 그것이 김장하 선생이 바라는 세상이고, 우리가 함께 가야 할 길일 겁니다.

김주완

1부

장학사업

 인생의 스승이 된 사람

"대통령 윤석열을 파면한다."

문형배 헌법재판소장 권한대행이 탄핵 선고문의 마지막 문장을 읽는 순간 전국의 거리와 광장에 모인 시민들은 일제히 환호성을 질렀습니다.

2025년 4월 4일 대한민국 헌법재판소는 국회의 대통령 탄핵안을 받아들여 파면을 선고했습니다. 이로써 대통령도 헌법과 법률을 위반하여 국민의 신임을 배반할 경우 쫓겨날 수 있다는 것을 보여주었습니다.

헌법재판소의 정의로운 판결에 감격한 시민들은 111

일간의 탄핵 심판 과정에서 재판관 전원일치 의견을 이끌어낸 문형배 권한대행에게 관심을 쏟기 시작했습니다. 특히 사람들은 그가 역대 재판관 중 가장 재산이 적은 청렴 공무원이라는 데 주목했습니다.

6년 전 국회 인사청문회에서 문형배는 "재산이 너무 적은 것 아니냐"라는 국회의원의 질문에 이렇게 대답했습니다.

"제가 결혼할 때 다짐한 게 있습니다. 평균인의 삶에서 벗어나지 않아야겠다고 생각했습니다. 최근 통계로는 평균재산이 가구당 3억 원 남짓 되는 것으로 알고 있습니다. 제 재산은 4억 원 조금 못 되는데요, 평균재산을 넘어선 것 같아서 제가 좀 반성하고 있습니다."

그의 어린 시절도 화제가 되었습니다. 경남 하동군에서 가난한 농부의 아들로 태어난 문형배는 친척으로부터 낡은 교복과 책을 물려받아 어렵게 중학교를 졸업했습니다. 고등학교 때는 한약방을 운영하는 김장하라는 분을 만나 대학을 졸업할 때까지 장학금을 받았고, 그 덕분에 사법시험에도 합격할 수 있었습니다.

문형배에게 학비를 대준 김장하 선생은 단순히 고마운 사람을 넘어 어떻게 살아야 하는지를 가르쳐준 인생의 스승이었습니다.

"선생은 자유에 기초하여 부를 쌓고, 평등을 추구하여 불합리한 차별을 없애며, 박애로 공동체를 튼튼히 연결하는 것이 가능한 곳이 대한민국이라는 것을 몸소 깨우쳐 주셨습니다. 제가 사법시험에 합격하고 인사하러 간 자리에서 '내게 고마워할 필요는 없다. 나는 이 사회의 것을 너에게 주었으니 갚으려거든 내가 아니라 이 사회에 갚아라'라고 하신 선생의 말씀을 저는 한시도 잊은 적이 없습니다."

이어지는 문형배의 말입니다.

"그분 말씀을 실천하는 것, 그것을 유일한 잣대로 저는 살아왔습니다."

이처럼 한 사람의 인생을 바꿀 정도로 큰 영향을 준 김장하 선생은 과연 어떤 분일까요? 김장하 선생의 장학금으로 공부를 할 수 있었던 학생은 그뿐이었을까요?

그럴 리가 없겠죠? 그래서 찾아봤습니다. 하지만 쉽지 않았습니다. 왜냐하면 김장하 선생은 지금껏 단 한 번도 장학금 전달식 같은 행사를 한 적이 없었고, 그런 일이 신문이나 방송을 통해 보도된 적도 없었기 때문입니다. 게다가 선생은 자신이 선행을 베푼 일에 대해 누가 물어봐도 입을 꾹 다문 채 대답을 해주지 않았습니다. 그래서 문 전 헌법재판관처럼 공개적인 자리에서 스스로 김장하 선생의 장학생임을 밝힌 경우가 아니면 알 수가 없었습니다.

김장하 선생이 살고 있는 경남 진주시에서 수많은 사람을 만나 물었습니다. 혹시 사적인 자리에서라도 자신이 '김장하 장학생'임을 이야기한 사람이 있는지. 수소문 끝에 겨우 몇 명을 찾았고, 그들을 통해 다른 장학생을 소개받는 방식으로 점점 범위를 넓혀 갈 수 있었습니다.

문형배 전 헌법재판관

 두 여학생

경남 진주시 인근의 농촌마을에 한 여학생이 있었습니다. 초등학교와 중학교를 다니는 동안 공부를 아주 잘했습니다. 그 여학생은 학교 공부와 책 읽기를 통해 새로운 지식을 얻는 게 재미있었습니다.

그러나 가난한 농부의 딸이었던 그는 중학교 졸업을 앞두고 큰 고민에 빠졌습니다. 아버지가 딸의 고등학교 진학을 반대했기 때문입니다. 1970년대에는 '딸'은 고등학교에 보내주지 않는 가정이 많았습니다. 빈곤 가정도 많았고, 남녀 차별도 심했던 시절이었습니다.

여학생은 부모님 지원을 받지 않고도 고등학교에 갈 수 있는 방법을 찾기 시작했습니다. 고등학생 언니·오빠들에게 묻고 물어 찾아낸 방법은 진주시에 있는 한 실업계 학교의 입학시험에서 1등으로 합격하는 것이었습니다. 그때의 실업계 학교는 지금의 특성화고등학교입니다. 입학시험 제도가 있었고, 1등으로 합격하면 3년간 전액 장학금이 지급된다고 하였습니다.

시골 학생이 도시 학생들과 경쟁에서 1등을 차지하는 것은 쉬운 일이 아니었습니다. 그러나 이 학생은 전액 장학금을 받아 고등학교에 꼭 진학하겠다는 간절한 마음으로 열심히 공부하여 마침내 1등으로 합격하였습니다.

그러나 곧 또 다른 어려움에 부딪히게 되었습니다. 농촌에 있는 집과 도시 학교의 거리가 너무 멀고 교통수단도 마땅치 않아 학교 근처에 하숙방이나 자취방을 구하지 않으면 등·하교가 불가능했기 때문입니다. 부모님은 그럴 만한 경제적 여유가 없었습니다.

1등 합격생의 이런 딱한 사정을 알게 된 고등학교 선생님이 진주에서 남성당한약방을 운영하고 있는 김장하 선생을 찾아갔습니다. 김장하 선생은 이야기를 들은 후 잠시 생각하더니 이렇게 말했습니다.

"우리 집에서 함께 살면 되겠네요."

그렇게 하여 이 여학생은 한약방 뒤 김장하 선생의 집에서 가족처럼 함께 지내며 고등학교를 졸업할 수 있었습니다. 그 시절 실업계 고등학교 학생들은 대부분 대학 진학 대신 곧바로 취업하는 길을 걸었습니다. 하지만 이 여학생은 공부를 더 하고 싶었습니다. 그래서 대학 입학시험에 응시했지만 떨어지고 말았습니다. 그는 김장하 선생에게 말했습니다.

"선생님. 대학시험에 떨어졌어요. 그렇지만 재수를 해서라도 꼭 대학교에 가고 싶어요. 사실은 우리 학교가 실업계라 대학시험 과목을 배우지 못했거든요. 선생님이 좀 더 도와주세요."

그러자 선생이 말했습니다.

"그래? 마침 이번 대학시험에서 떨어진 친구가 한 명더 있으니, 그 친구와 같이 재수를 하면 되겠구나. 부산에 있는 입시학원에 보내줄 테니 둘이 함께 하숙을 하면서 공부를 해봐라.”

함께 재수를 하게 된 친구는 진주시내의 인문계 고등학교 졸업생이었습니다. 그 친구 역시 진주시 인근 농촌 출신으로 중학교 때부터 선생의 장학금을 받았다고 했습니다. 그렇게 김장하 선생의 지원을 받아 1년 동안 열심히 공부한 결과 이듬해 두 학생은 모두 서울의 각각 다른 명문대학교에 합격했습니다. 둘은 대학 4년을 졸업할 때까지 학비는 물론 생활비까지 김장하 선생의 지원을 받았습니다.

졸업 후 이들은 각각 대학교수와 외교관이 되어 우리 사회에서 중요한 역할을 하고 있습니다.

그런데 실업계 고등학교를 나와 서울의 대학교에 진학했던 그 여학생에게는 힘든 시기도 있었습니다.

1980년대 우리나라는 군사독재정권 시대였습니다. 그 여학생은 독재에 저항하며 민주주의를 쟁취하기 위해 대학에서 집회와 시위를 주도하다 경찰에 붙잡혀 교도소에 다녀왔습니다. 이런 사실을 알게 된 김장하 선생은 어떤 반응을 보였을까요? 많은 돈을 지원하여 서울에 있는 대

학까지 보냈는데, 공부는 하지 않고 집회와 시위에 앞장
섰다며 화를 내지는 않았을까요?

그 여학생의 말입니다.

"구속 후 수형생활을 마치고 김장하 선생님을 찾아뵈었
는데, 죄송하다고 말씀드리니 오히려 격려를 해주셨어요.
민주화를 위해 자신을 던지는 게 쉬운 일이 아니라고, 그
또한 사회에 기여하는 길이라면서…. 그 이후에 노동운동
을 할 때도 그러셨어요. 안타까워하면서도 오히려 자랑스
럽다고까지 말씀해주셨어요."

김장하 선생의 실제 마음은 어땠을까요?

"귀하게 공부시킨 학생들이 독재정권의 피해자가 되는
과정을 지켜보며 울화가 쌓였지."

이처럼 김장하 선생은 언제나 장학생들이 어떤 선택을
하더라도 믿고 지지했습니다. 비록 속으로는 안타까운 마
음이 쌓여도 말이죠.

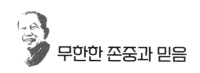

무한한 존중과 믿음

또 다른 장학생이었던 우종원 일본 호세이대학 교수도 그랬습니다. 그도 고등학교 1학년 때부터 대학 졸업까지 7년 동안 김장하 선생의 장학금을 받았습니다. 대학 졸업 후 인천에서 노동운동을 하다가 붙잡혀 교도소에서 수형 생활을 했습니다. 형기를 마친 후 찾아간 자리에서 선생은 이렇게 말했습니다.

"권력에 순종하여 출세를 하는 것도 나라를 위한 길이 되겠지만, 너처럼 민주화운동을 하는 것도 애국하는 길 중에 하나다. 내가 볼 때는 오히려 네가 더 숭고하다."

선생의 이 말씀에 용기를 얻은 우종원은 다시 열심히 공부하여 일본 정부의 국비 장학생으로 선발되었고, 도쿄대학교에서 노동경제학 분야 박사학위를 받은 후 대학교수가 되었습니다.

김장하 선생은 장학생들에게 심지어 '공부 열심히 해라'든지 '훌륭한 사람이 되어야 한다'는 말씀조차 하지 않았습니다. 그냥 말없이 지원하고 그가 어떤 선택을 하더라도 존중해주었습니다. 우종원 교수의 말입니다.

"선생님께서 과묵하신 것도 있지만, 그때 젊은 저희한테 해주실 말씀은 많이 있었을지도 모르는데 일부러 안 하신 것 같아요. 왜냐면 선생님이 베푸는 입장이고 또 젊은 친구들한테 자신이 뭔가 말씀을 하시면, 좋은 뜻으로 볼 때는 조언이나 격려가 될 수도 있지만 부담이 될 수도 있지 않습니까? 그러니까 아무리 어린아이라도 한 사람으로 인정하고 존중하면서 '네가 하고 싶은 걸 해봐라' 그렇게 하신 거죠."

우종원과 함께 고등학교 1학년 때 장학생으로 선발되어 대학과 대학원 석사과정까지 지원을 받았던 서울대학교 자연과학대 이준호 교수도 이렇게 말했습니다.

"선생님은 늘 듣기만 하셨어요. 말씀이라곤 '학교는 어떻노?' '뭐 필요한 건 없나?' 묻기만 하시고, 우리가 이야기하는 걸 들어주셨어요."

역시 장학생이었던 충남대학교 의과대학 권재열 교수의 말입니다.

"제가 도움을 받는 입장이었지만 그게 전혀 저를 위축시키지 않았어요. 혹시라도 그럴까 봐 선생님이 배려를 해주신 덕분인 것 같아요. 그래서 저도 대학 시절 자유롭게 학생운동을 할 수 있었던 거죠."

이준호 교수가 '예쁜꼬마선충 연구'로 생명의 신비를 밝히는 세계적인 연구 성과를 냈을 때는 직접 전화를 걸어 격려해주기도 했습니다.

"언론에 예쁜꼬마선충 기사가 나온 뒤 모르는 번호로 전화가 왔어요. 받았더니 '김장하다' 이러는 겁니다. 놀랐

이준호·우종원 교수

죠. '선생님 웬일이십니까?' 했더니 '세계적인 연구를 했
더라. 축하한다' 그러서서 제가 너무 감사했습니다."

김장하 선생의 장학생 중에는 문형배처럼 판사나 검사,
변호사 또는 이준호, 우종원, 권재열처럼 대학교수나 의
사가 된 사람도 있지만, 스님, 목사 또는 그냥 평범한 회
사원이 된 사람도 많습니다.
서울의 한 증권회사 직원으로 일하고 있는 김종명 씨가
선생을 찾아뵙고 이렇게 말했습니다.

"제가 선생님 장학금을 받고도 특별한 인물이 못 되어 죄송합니다."

그러자 선생은 이렇게 대답했습니다.

"내가 그런 걸 바란 게 아니야. 우리 사회는 평범한 사람들이 지탱하고 있는 거야."

역시 김장하 선생의 도움으로 고등학교와 서울의 명문 대학교를 졸업한 후, 진로를 바꿔 목사가 된 강성호 씨도 이렇게 말했습니다.

"목사가 되기 위해 신학대학원을 진학할 때 가족보다 더 신경 쓰였던 사람은 김장하 선생이었습니다. 그런데 놀랍게도 선생님은 '목사는 우리 사회에 꼭 필요한 사람이니 열심히 공부해서 좋은 목사가 돼라'라고 말씀해 주셨습니다. 기독교윤리를 공부하기 위해 유학을 떠나기 전에 선생님을 찾아뵈었을 때도 '윤리학이 우리 사회에 꼭 필요한 학문이니 잘 배우고 돌아오라'라고 말씀하시면서 격려해 주셨습니다."

주한파나마대사관 부서장
(김장하 장학생)
정 경 순

장학생 정경순 씨

　문형배가 그랬던 것처럼 이들 장학생도 한결같이 김장
하 선생을 삶의 잣대로 삼아 살고 있다고 고백했습니다.
외교관이 된 장학생 정경순 씨의 말입니다.

　"선생님은 저에게 이렇게 살아라, 저렇게 살아라 그런

말씀을 안 하셨어요. 그럼에도 제가 뭔가 결정해야 할 때마다 '선생님이면 어떻게 결정하셨을까?' 그런 생각을 늘 하면서 살았죠. 선생님께 부끄럽지 않게 살아야겠다는 그런 생각이었죠."

강성호 목사도 김장하 선생이 자신의 삶에 끼친 영향을 이렇게 말했습니다.

"하나님께서 저에게 허락하신 모든 것이 하나님의 선물이기에 받은 선물을 혼자 독점하는 것이 아니라 다른 이들을 위해서 내어주며 헌신하는 삶을 살아야 한다는 교훈을, 저는 기독교 신자가 아닌 김장하 선생님께 분명하게 배울 수 있었습니다."

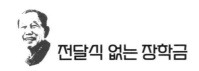 전달식 없는 장학금

　김장하 선생 장학생의 전체 숫자나 지원된 금액은 얼마
나 될까요? 이 또한 정확히는 알 수 없습니다. 선생이 밝
히지 않기 때문이죠. 다만 선생이 설립해 운영했던 진주
명신고등학교의 남성학숙장학회와 남성문화재단의 기록,
그 운영에 참여했던 주변 사람들의 인터뷰를 통해 대략의
규모를 파악할 수 있습니다.

　우선 김장하 장학금을 시기별로 나눠보면 이렇습니다.

제1기 1967~1971년, 주변의 어려운 중 · 고등학생들
　　　　학비 지원
제2기 1972~1983년, 진주시내 고등학교 및 각계 인사

들의 추천을 받아 중·고등학교와 대학 전 과정
학비와 생활비 지원

제3기 1984~1991년, 명신고등학교 설립·운영 중 '남
성학숙장학회'를 통한 지원

제4기 1992~1999년, 제2기와 같은 방식으로 장학생
선발과 지원

제5기 2000~2021년, '남성문화재단'을 통해 장학생 선
발과 지원

편의상 이렇게 시기별 구분을 했지만, 제3기에도 제2
기 때부터 시작된 장학생의 지원은 이어졌습니다. 한번
장학생으로 선발된 학생은 고등학교를 졸업하고 대학에
진학할 경우 대학 졸업 때까지 지원이 계속되었기 때문입
니다. 또한 그 시기에도 제2기와 같은 방식의 장학생 선
발이 함께 이루어졌습니다. 그때는 이미 진주시내는 물론
인근 군 지역 중·고등학교 교사들 사이에 '남성당한약방
을 찾아가면 가정형편이 어려운 학생들의 장학금 지원을
받을 수 있다'라는 소문이 파다하게 퍼져 있었기 때문입
니다.

명신고등학교가 개교한 첫해인 1984년, 이 학교 국어
교사로 초빙되어 온 정삼조 씨의 말입니다.

"제가 삼천포고등학교에 있다가 명신고로 오게 되었는
데, 삼천포에서 내가 가르쳤던 학생 중 집안 사정이 너무
안 좋아서 대학 진학을 못할 처지의 아이가 있었어요.
1984년 졸업하는 아이였는데, 제가 초면이나 다름없는
김장하 이사장님을 찾아가 말씀드렸죠. 영특하고 착한 아
이가 있는데 이사장님이 좀 도와주시면 어떻겠나 그랬더
니 두 말도 않고 '얼마나 필요합니까' 그래요. 그리고 그
자리에서 바로 돈을 세어서 저한테 줘요. 갖다주라면
서…. 성적증명서나 그런 조건도 없고 장학증서 뭐 그런
것도 없었죠."

앞에서 소개한 농촌 출신으로 진주의 실업계 고등학교
입학시험에 1등으로 합격한 여학생도 비슷한 경우였죠.
이를 모두 종합해서 정리해보면 대략 54년 동안 김장
하 선생의 장학금 지원을 받은 학생은 1,000명이 넘고,
금액은 30억~40억까지 이르렀습니다. .
그리고 그의 장학생들은 중학교나 고등학교 3년 또는

대학 4년간 입학금과 등록금, 하숙비(또는 기숙사비)와 생활비, 책값은 물론 교복비, 수학여행비, 과외학원비까지 지원을 받았습니다. 대학원 석·박사 과정까지 지원받은 학생도 있습니다. 그런 경우 학위논문 인쇄비까지 지원받기도 했습니다. 또 어머니가 아들 뒷바라지를 위해 함께 상경한 경우도 있었는데, 이런 때는 두 사람 모두의 생활비까지 지원받았다고 합니다.

이런 김장하 장학금의 특징을 정리하면 다음과 같습니다.

❶ 장학금 수여식 또는 전달식을 하지 않는다. 당연히 사진도 찍지 않는다.
❷ 성적보다는 가정형편이 어려운 학생을 우선하여 선발한다.
❸ 1회성이 아니라 대체로 중학교나 고등학교 때 선발하여 대학 또는 대학원을 졸업할 때까지 전액 지원한다.
❹ 등록금뿐 아니라 생활비 등 각종 경비까지 지원한다.
❺ 드물지만 재수를 할 경우 입시학원비와 하숙비까지 지원한다.

❻ 살 곳이 마땅찮은 아이는 아예 자신의 집에 들여 함께 살면서 자식처럼 키운다.

❼ 그런 기록 자체를 남기지 않고 누가 물어봐도 말해 주지 않는다.

❽ 장학생들에게 아무것도 요구하거나 기대하지 않으며, 그가 어떤 선택을 하더라도 믿고 응원한다.

2부

남성당한약방

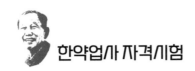

한약업사 자격시험

김장하 선생은 1944년생입니다. 1967년부터 어려운 학생들을 돕는 일이 시작되었는데, 그때 김장하 선생의 나이는 스물세 살이었습니다. 어떻게 그 젊은 나이에 그런 일을 할 수 있었을까요? 집이 원래부터 부자였을까요? 전혀 그렇지 않습니다.

김장하는 경남 사천시 정동면 장산리 노천마을에서 가난한 농부의 아들로 태어났습니다. 어린 시절에는 농사에 바쁜 아버지보다는 할아버지의 품에서 『소학』(小學: 고대 중국과 조선시대 어린이를 위한 예의범절 교과서)과 『명심보감』(明心寶鑑: 고려시대에 어린이들의 인격 수양을 위해 중국 고전에서 좋은 말을 편집하여 만든 책)을 배웠습니다.

그러나 초등학교 1학년 때 어머니가 돌아가시는 슬픔을 겪었고, 가난한 집안 형편으로 인해 중학교만 겨우 졸업하고 고등학교에는 진학하지 못했습니다. 친구들이 교복을 입고 학교 가는 모습이 부러웠지만, 그는 아버지의 힘든 농사를 도와야 했습니다.

손자의 힘들어하는 모습을 지켜보던 할아버지는 친구가 운영하던 한약방에 장하를 소개했습니다. 어린 장하는 그때부터 한약방 종업원으로 일하면서 낮에는 약재를 썰고 밤에는 한의학을 혼자 공부했습니다.

열여덟 살이 되던 해, 매일 아침 한약방으로 배달되어 오던 신문을 꼼꼼히 읽던 장하는 신문 한 귀퉁이에서 한약업사 자격시험 공고를 발견했습니다.

그리고 그는 그동안 닦아온 실력을 바탕으로 당당히 자격시험에 합격했습니다. 그러나 자격증 발급 기준인 열아홉 살에서 한 살이 모자랐습니다. 그래서 다음 해 생일인 1월 16일에야 자격증을 받을 수 있었습니다.

하지만 장하는 곧바로 한약방을 차리지 않았습니다. 10

개월간 더 열심히 배우고 공부하여 그해 10월 친척의 가게 반 칸을 빌려 한약방을 개업하였습니다.

한약방의 이름도 할아버지가 지어주었습니다. 사람의 수명을 관장한다는 별 '남극노인성'에서 따온 '남성당'이라는 이름이었습니다. 할아버지는 장하의 한약방에서 약을 지어먹은 사람들이 오래 건강하게 살기 바란다는 뜻을 담았다고 말했습니다. 그리고 그 별은 희미하여 보일 듯 말 듯하면서도 제 역할을 한다고 했습니다. 그런 의미에서 '남성당'이라는 이름에는 손자 장하도 별빛처럼 자기 스스로 빛을 내지는 않지만 주위를 밝혀주는 그런 역할을 하라는 마음이 담겼다고 했습니다.

그러나 남성당한약방에는 손님이 거의 오지 않았습니다. 시골의 초라한 한약방에서 열아홉 살 어린 한약사가 지어주는 약이 과연 효험이 있을지 믿음이 가지 않았기 때문입니다. 김장하는 그래도 실망하지 않고 더 열심히 공부하고 가장 좋은 한약재를 사용하면서도 약값은 가장 싸게 받았습니다.

1년이 지나자 남성당한약방의 한약이 싸고 효험이 있

다는 소문이 나기 시작했습니다. 손님도 점점 늘어났습니다. 3년째가 되자 멀리서 새벽 첫 기차를 타고 온 손님들이 문을 열기도 전에 한약방 앞에 줄을 섰습니다. 한약방 금고에는 돈이 점점 쌓여갔습니다.

김장하는 생각했습니다.

'이 많은 돈을 어떻게 쓸 것인가?'

깊은 고민 끝에 그는 결심했습니다.

할아버지 영은 김정모 선생

‘이 돈은 세상의 병든 이들, 누구보다 불행한 사람들에게서 거둔 이윤이므로 나 자신을 위해 써서는 안 되겠다.’

그렇게 김장하는 20대 젊은 나이에 한약방에서 벌어들인 돈을 사회에 돌려주기로 결심했고, 이는 곧 주변의 어려운 처지에 놓인 학생들을 위한 장학금 지원으로 이어졌습니다. 그의 첫 사회 환원이 장학사업이었던 것도 ‘내가 고등학교에 가지 못한 원인이 오직 가난 때문이었으니, 그 억울함을 나의 후배들이 가져서는 안 되겠다’는 생각 때문이었습니다.

삶의 지표를 정해준 할아버지

　김장하의 사회 환원은 장학사업만이 아니었습니다. 한약방이 있는 마을에서 회관을 새로 지을 때 가장 많은 건립기금을 냈고, 모교인 정동초등학교에는 세종대왕과 충무공 이순신 장군 동상을 세워주기도 했습니다. 어려운 이웃을 남몰래 돕는 일도 많았습니다.

　이런 사실을 알게 된 어른들이 칭찬을 하면 김장하는 이렇게 말했습니다.

　"우리 할아버지의 가르침을 따랐을 뿐 저의 뜻에서 나온 것은 아무것도 없습니다."

이렇듯 김장하는 자신에 대한 칭찬을 늘 할아버지에게 돌렸습니다. 앞에서 장학생 문형배가 "제가 살아가는 것은 그분(김장하) 말씀을 실천하는 것, 그것을 유일한 잣대로 저는 살아왔습니다"라고 했던 것을 보면 두 사람은 이런 것까지 꼭 빼닮았습니다.

김장하에게 스승과도 같았던 할아버지는 어떤 분이었을까요?

기록을 찾아보니 할아버지 김정모(1889~1970) 선생은 조선 말기 유학을 공부한 한학자였으며 의학과 풍수, 지리에도 조예가 깊었습니다. 아들과 손자를 가르칠 땐 늘 "사람은 마땅히 올바른 것에 마음을 두어야지 재물에 얽매여서는 안 된다"라고 했으며, "근검으로 생활을 다스리고, 재물에 탐욕 내어 겸손을 손상시킴으로 치욕을 초래치 말라"라고 했다는 기록도 있었습니다.

손자 김장하가 근면성실하고 검소하게 살면서도 재물에 욕심을 부리지 않고 어려운 이들과 나누며, 주위의 칭찬에도 언제나 겸손한 태도를 보이는 것도 바로 그런 할아버지의 가르침 덕분인 것으로 보입니다.

할아버지에 대한 그런 기록을 남긴 사람은 진주지역의 한학자 허형(1908~1995)이라는 분이었습니다. 그런데, 그 기록을 살피는 과정에서 김장하가 그분을 스승으로 모시고 『대학』(大學)이라는 유교 경전을 배웠다는 사실도 알게 되었습니다. 그때는 김장하가 한약방을 연 이후였습니다. 비록 학교는 가지 못 했지만 성인이 된 후에도 공부를 게을리하지 않았음을 알 수 있습니다.

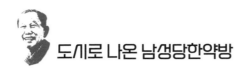

도시로 나온 남성당한약방

사천에서 시작한 남성당한약방은 입소문이 퍼지면서 점점 손님이 늘어났습니다. 이제 사천과 그 인근지역뿐 아니라 전국에서 손님들이 찾아왔습니다. 시골 마을의 작은 한약방으로는 많은 손님을 감당할 수 없는 지경이 되었습니다.

김장하는 한약방을 차린 지 10년이 지나 서부경남의 중심도시인 진주시로 이전했습니다. 한약방 규모도 3층 건물로 커졌습니다. 그러자 더 많은 손님이 찾아왔습니다. 돈도 그만큼 더 많이 벌게 되었습니다.

대체 얼마나 많은 손님이 왔고, 돈은 또 얼마나 벌었을까요?

남성당한약방이 사천에 있을 때부터 진주로 이전한 뒤까지, 가장 오랫동안 함께 일했던 서창길 씨는 "기다리는 손님이 워낙 많아서 1970년대에도 번호표를 발급할 정도였다"라고 말했습니다. 또 1981년부터 김장하와 인연을 맺었던 허권수 전 경상국립대학교 교수는 당시 한약방 풍경을 이렇게 표현했습니다.

"한약방 옆에 수정다방이라고 있었는데, 손님들이 번호표를 받아서 거기서 대기를 했어요. 꽤 큰 다방이었는데, 거기와 연결해 가지고 그 다방 종업원이 '287번 나오세요' 하면 가서 약 짓고, 그러니까 다방 주변 길가에서 할머니들이 나물도 팔고 호박도 팔고 그럴 정도였어요."

한약방에 오는 손님들 덕분에 길가에 노천시장이 형성될 정도였다는 말입니다. 그러다 보니 직원 수도 점점 늘었습니다. 서창길 씨는 가장 전성기 시절을 이렇게 기억했습니다.

"여기만 여덟 명에서 열 명이 있었고, 재료실에 서너 명 있었고, 약을 달이는 데도 여섯 명이 있었나? 그러니까 제

기억으론 가장 많을 때는 18명~20명 정도는 됐을 것 같아요."

그래도 워낙 손님이 많다 보니 저녁 8시~10시까지 연장근무는 일상이었고, 밤 12시 넘어까지 일했던 적도 많았습니다.

종업원들에 대한 처우도 업계 최고였습니다. 그때만 해도 근로기준법이니 야간근로수당이니 하는 개념이 없었는데요. 그래도 직원들 불만은 없었다고 합니다. 서창길 씨의 말입니다.

"특별히 야간수당이라고 그런 명목은 안 붙였지만, 선생님이 그런 부분에 대해선 워낙 후하게 해줬어요. 다른 일반적인 혜택들도 직원을 위해 배려를 많이 해줬거든요. 금전적인 걸 가지고 불만을 갖지 않게끔 다 해줬어요."

인근에서 명성한약방을 운영하던 동료 한약업사 이용백 원장도 남성당한약방에 대해 "종업원에게 참 잘해줬다"라며 "늦게까지 일을 하면 보너스도 많이 챙겨준 것으로 알고 있다"라고 말했습니다. 그는 남성당한약방 손님이 자신의 한약방보다 대략 10배 정도 많았다고 했습니다.

그렇다면 남성당한약방의 임금 수준은 어느 정도였을 까요? 서창길 씨는 다른 한약방에 비해 세 배 정도였고, 점심과 저녁까지 제공되었다고 말합니다.

"다른 한약방보다 두 배, 세 배는 되었겠네. 세 배는 되 겠네. 직원들도 우리 월급이 다른 데보다 훨씬 많다는 사 실을 알았어요. 그러니까 야간수당이니 그런 개념이 전혀 없었죠. 아침은 각자 집에서 먹고 오지만 점심 저녁은 여 기서 다 해결하고."

직원들의 휴가도 철저히 보장해줬습니다. 남성당한약 방은 2022년 5월 말 폐업할 때까지 매주 일요일만 쉬었 습니다. 한약방의 특성상 한약업사가 없으면 약을 처방할 수 없습니다. 그래서 김장하 선생은 일주일에 6일간 꼬박 꼬박 출근하면서도 직원들은 교대로 휴가를 쓰도록 했습 니다. 여름휴가도 7일씩 줬는데, 직원들은 교대로 휴가를 썼지만 정작 본인은 자리를 지켰습니다.

서창길 씨와 직원들은 남성당한약방에서 일하는 동안 못다 한 공부도 했습니다. 그는 고등학교를 가지 못한 다

른 직원들과 함께 방송통신고에 진학해 고등학교 과정을
마치고 방송통신대까지 진학했습니다.

"방송대 3학년 때 일요일에 가서 시험을 봐야 하는데 못
봤어요. 시험 두 번 못 보니까 유급이 되어버렸어. 그래서
'내가 지금 이 나이에 대학 가면 뭐 하겠노' 하며 포기해버
렸는데, 함께 공부하던 직원들은 졸업까지 했어요."

1992년부터 2022년까지 30년을 남성당 직원으로 있
었던 하봉백 씨는 정직원으로 입사하기 전 대학 시절 여
기서 아르바이트를 했는데, 그 당시에도 가정형편이 어려
워 고등학교 진학을 못한 아이들이 한약방에서 일하며 방
송통신고를 다녔다고 합니다.

"서너 명이 있었어요. 1980년대였는데, 지금의 1층 응
접실이 그땐 아이들 사는 방이었죠. 거기서 먹고 자고 하
면서 일도 하고 일요일엔 방송통신고에 다녔죠. 그 아이
들이 졸업을 하고 성인이 되어 군대를 갔는데, 그때 그 빈
자리에 제가 들어왔어요."

그러면 돈은 얼마나 벌었을까요?

서창길 씨는 하루에 가장 많이 지었던 약이 500제(劑: 한 제는 탕약 스무 첩)였고, 평균 300~400제 정도였다고 합니다. 명성한약방 이용백 원장이 20여 년 전 서창길 씨에게 들었던 걸로는 최고 800제였다고 합니다. 이용백 원장이 아주 간단하게 계산해 보니 하루 400제, 한 제당 5만 원씩 치면 하루 2,000만 원. 거기에 25일을 곱하면 월 5억 원입니다. 그중 1억 원이 순수익이라고 보더라도 연간 12억 원, 10년이면 120억 원이 나온다는 겁니다. 그

남성당한약방과 옆 건물 자전거 대리점

는 "한 제에 5만 원이면 굉장히 저렴하게 잡은 것"이라고
말했습니다.

3부

고등학교 설립과 헌납

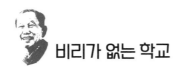 비리가 없는 학교

1982년 김장하는 그렇게 모은 돈으로 고등학교를 설립하기로 했습니다. 그때는 우리나라 인구가 계속 늘어나던 시절이어서 학생 수에 비해 고등학교가 절대 부족했습니다. 진주시내 중학생 중 상당수는 입학시험에서 낙방해 시 외곽의 다른 시·군 학교로 진학해야 하는 처지였습니다. 김장하는 비록 자신은 고등학교에 가지 못했지만 후배들은 좀 더 좋은 환경에서 마음껏 공부할 수 있도록 해주고 싶었습니다.

'남성학숙'이라는 학교재단을 만들어 땅을 매입하고 건물을 지어 1984년 첫 입학생을 받았습니다. 학교 이름은 명신고등학교였습니다. '명신'(明新)은 김장하가 허형 선생에게 배웠다는『대학』에 나오는 글귀 '명덕신민'(明德新民)을 줄인 말입니다. 이 말은 보통 '덕을 밝히고 백성을 새롭게 한다'라는 뜻으로 해석됩니다. 설립자 김장하 이사장의 설명은 좀 더 구체적입니다.

"명덕은 인간의 본성인 맑고 깨끗한 성품을 늘 밝히고자 하는 것으로, 현세의 도처에 자리 잡은 모든 더러운 것과 그것의 유혹에 빠지지 않도록 하는 것이겠고, 그럼으로써 나날이 새로운 사람으로 다시 태어나자는 뜻이 바로 신민일 것입니다."

명신고등학교는 다른 학교와 달랐던 몇 가지 특징이 있었습니다. 첫째는 교사나 직원 채용에 비리가 전혀 없었다는 것입니다. 비리가 없는 게 정상 아니냐고 생각하겠지만, 사실 1980~90년대 사립학교 재단의 채용비리는 공공연한 관행이었습니다. 수천만 원을 대가성 뇌물 또는 학교발전기금 명목으로 바치고 교사로 채용되는 게 일상이었죠.

그러나 이 학교에는 그런 교사가 한 명도 없었습니다. 그래서 1987년 전국교사협의회와 1989년 전국교직원노

동조합이 결성되어 경남은 물론 전국 곳곳에서 사학재단의 채용비리 폭로가 줄을 이었지만, 명신고등학교에서는 단 한 건의 문제도 나오지 않았습니다.

또한 책·걸상 등 학교 비품 구입을 하면서 납품 금액을 부풀려 업체로부터 사실상 뇌물을 받거나 수학여행 때 관광업체로부터 금품을 받는 등 그 시절 널리 퍼져 있었던 학교 비리도 명신고등학교에는 전혀 없었습니다.

뿐만 아니라 친인척이나 지인의 부탁, 권력기관이나 정치인의 청탁 또는 압력에 의한 채용도 철저히 배격했습니다. 김장하 이사장과 가까운 사이였던 명성한약방 이용백 원장도 교사 추천을 했다가 거절당한 사람 중 한 명이었습니다.

"김장하 선생님하고 친하다는 걸 알고 괄세 못할 사람이 나한테 왔어요. 교사 추천을 좀 해달라고. 좀 그럴듯해서 만난 김에 이야기를 한번 했거든요. 그랬더니 교사 쓰는 것도 확고한 신념을 딱 가지고 있더라고. 교사 채용의 몇 가지 원칙과 조건을 이야기하면서 '명문학교를 만들려고 하는데, 아는 사람이라고 채용해주고 그래서야 되겠느

냐'라고 이야기하는데, '아이고 알겠습니다' 하고 다시는
말을 꺼내지 않았죠."

　김장하 이사장은 교사와 직원 채용에 세 가지 원칙이
있었습니다. 첫째, 친인척이나 지인은 쓰지 않겠다. 둘째,
돈을 받고 채용하지 않겠다. 셋째, 권력의 압력에 굽히지
않겠다. 이런 원칙에 따라 학교 설립 초창기에는 마치 이
현세의 만화『공포의 외인구단』이나 주성치 영화『소림축
구』에서처럼 강호의 고수를 찾아 모셔오듯 교사들을 채
용했습니다. 당시 교사 초빙 조건은 '사범대학 출신으로
경력 5~7년 정도의 활동력 있고 의지가 강한 30대 초반
~40대'였습니다. 물론 실력은 기본이었죠.
　이달희 교사는 거제의 한 고등학교 영어교사로 근무 중
이었는데, 저녁시간에 명신고등학교 강춘득 교감의 전화
를 받았습니다. 서로 전혀 모르는 사이였죠.

"지금 거기서 뭐 합니까?"
"아 네. 야간자율학습 감독 중입니다."
"그게 아니라 이제 육지로 상륙해야 하지 않겠습니까?"
"무슨 말씀이신지?"

"내일 나 좀 봅시다. 늦더라도 기다리겠습니다."

허기도 교사도 산청여고에서 생물교사로 있던 중 강춘
득 교감의 전화를 받았습니다.

이런 식으로 명신고에 온 교사들은 '우수 교원으로 스
카우트되어 왔다'는 자부심이 대단했다고 합니다.

그런 원칙과 조건, 채용절차에도 불구하고 청탁은 끊임
없이 이어졌습니다. 특히 그때는 교육청 과장이나 국장
이 보낸 이력서가 많았다고 합니다. 세무서장의 청탁도
있었고, 이력서 뒷면에 거액의 수표를 붙여서 직접 가져
온 이도 있었습니다. 김장하 이사장은 그 모든 걸 물리쳤
습니다.

정치인의 청탁과 압력도 있었는데요. 전두환 독재 치하
여당 국회의원은 권세가 막강했습니다. 지금은 도지사,
교육감, 시장·군수를 선거로 뽑지만, 그때는 모두 위에
서 임명하던 시절이었으니 시청 말단 공무원 인사까지 국
회의원의 입김이 미치지 않는 데가 없었습니다. 그런 국
회의원이 김장하 이사장을 직접 호텔로 불러 마치 지시하
듯 교사 채용을 부탁했습니다. 자기 비서의 형이라고 했

습니다.

　학교에 확인해 보니 이미 그에 대한 서류가 접수되어 있었고, 합격자로 반쯤 내정돼 있는 상태였습니다. 하지만 이사장은 단호하게 그를 배제했습니다.

　"그런 상황에서 그 사람을 채용하면 권력에 굴복하여 그런 걸로 될 것이고…. 교육이 바로 서려면 교사가 올바로 서야 하거든. 조직사회에서 내가 어떤 '빽'으로 들어왔다 이걸 뻐기게 되면 그 조직은 무너져버립니다."

　그러자 난리가 났습니다. 해당 국회의원의 정당 사무소 간부 중 김장하 이사장과 알고 지내는 이도 있었는데, "김장하가 뭘 믿고 저렇게 까부느냐?" "맛을 좀 보여줘야 한다"는 등 말이 흘러나왔습니다.

　아니나 다를까. 며칠 후 교육부 감사반이 학교에 들이닥쳤습니다. 경상남도교육청도 아니고 교육부에서 바로 감사가 내려온 것입니다. 교실 하나를 빌려 감사장을 차린 후 모든 서류를 이 잡듯이 뒤졌고, 교사들을 개별적으로 불러 돈 내고 채용된 것 아니냐고 추궁했습니다.

"서무주임을 임명할 때 내가 그런 얘기를 했어요. 우리 학교는 서무 관계에 대해 부정은 없다. 있는 그대로, 쓰는 그대로 기록해달라. 그랬더니 서무주임 하는 말이 '아니, 그러면 서류 작업하는 건 일도 아니죠. 적당히 꾸며주는 게 어렵지, 있는 그대로 기록하는 건 천하에 쉬운 일 아니냐'라고. 그렇기 때문에 나는 자신하고 있었거든. 감사? 그런 방식으로 나오면 나는 오히려 편해요. 교육부 아니라 감사원 감사가 오더라도 걱정할 필요가 없었지."

감사반이 사나흘간 아무리 뒤져도 이렇다 할 문제가 나오지 않자 나중엔 학교 측에 뭐 잘못된 것 하나라도 알려달라고 사정 아닌 사정을 했다고 합니다. 아무것도 찾지 못하고 빈손으로 돌아가면 체면이 안 선다는 거죠. 결국 서무과 직원 정원이 정관상 7명인데 실제론 5명으로, 2명을 채우지 못했다는 지적사항을 문제 삼아 견책을 받는 걸로 마무리되었습니다.

세무조사도 받았습니다. 세무서장의 채용 청탁을 거절했기 때문입니다. 교육부 감사와 달리 세무조사 대상은 남성당한약방이었습니다. 그러나 이 또한 별로 나오는 게 없어 추징금 약간 물리는 것으로 넘어갔습니다. 먼지 하

명신고등학교

나라도 털겠다고 달려드는 이에게 추징금까지 물지 않을
도리는 없었죠.

이런 일을 겪은 후 김장하 이사장은 이렇게 말했습니다.

"내가 이 험한 세상을 살아오면서 제일 힘이 되었던 것
은 비교적 깨끗하게 살아왔다는 것. 그게 하나의 큰 힘이
된 거죠."

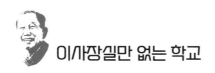

이사장실만 없는 학교

1989년에는 독립도서관(명신도서관) 건물과 체육관(청웅관) 건물이 준공되었는데, 건축비만 그때 돈으로 11억 원이 들었습니다. 특히 도서관은 보통 기존의 학교 건물 안에 교실 두세 개를 터서 사용하는 것과 달리 독립건물로 세워졌습니다. 경남도내에서 유일한 사례였습니다. 사실 지금도 도서관을 독립건물로 갖고 있는 학교는 거의 없습니다.

도서관은 3층 콘크리트 건물로 8,000권의 장서, 500석의 좌석과 함께 200석의 독서실이 설치되었는데, 그때로선 획기적인 냉·온방 시설을 갖추었습니다. 지금은 웬만한 학교에 다 에어컨이 있지만 그때는 선풍기가 고작이었

습니다. 덕분에 명신고 학생들은 무더운 여름에도 시원한
도서관에서 공부를 할 수 있었습니다.

그러나 이 학교에는 모든 사립학교에 다 있는 재단이사
장실이 없었습니다. 개교 초기 잠시 있기는 했죠. 커다란
책상과 명패, 소파 등이 있는 교실 1개 크기의 이사장실
이었는데요. 처음엔 으레 그런가 보다 하고 거기서 업무
를 봤는데, 한 달 정도 지나 보니 학교 시설이 부족한 데
다 이사장이 자리를 차지할 이유가 없다는 생각이 들었다
고 합니다. 김장하 선생은 이사장실을 비우고 그 자리를
양호실로 쓰도록 했습니다.

그래서 학교 안에는 이사장이 머물 공간이 따로 없었습
니다. 이사장도 특별한 행사나 회의가 있는 날 말고는 학
교에 자주 가지도 않았습니다. 재단 이사회도 교장실에서
열었고, 결재할 일이 있으면 서무실에서 했습니다. 학교
에 갈 때도 버스나 자전거를 타고 갔죠. 이사장이 자전거
를 타고 학교 안으로 들어오는 모습은 이 학교 학생들에
게도 깊은 인상을 남겼습니다.

이 학교 졸업생 중 한 명은 김장하 이사장이 학생들의

대입 체력장(현재 학생건강체력평가제도) 현장에 '박카스'를 사 들고 왔던 걸 또렷이 기억하고 있습니다.

"3학년 때 대입 체력장 하던 때가 생각납니다. 동명고 운동장에 가서 했던 걸로 기억나는데 김장하 이사장님이 양손에 박카스를 무겁게 직접 들고 학생들을 찾아왔습니다. 박카스가 많든 적든 거기에는 눈이 가지 않고 허름한 양복을 입고 손수 박카스를 들고 우리 학생들을 격려하러 찾아왔을 때, 그 당시 누가 먼저랄 것도 없이 체력장을 하던 명신고 3학년들이 모두 자리에서 일어나서 박수를 쳐

명신고등학교 이사장실에서 찍은 사진. 개교 한 달 후 이사장실은 양호실로 바뀌었다.

드렸습니다. 선생님이 시킨 것도 아니었는데 모두 자발적으로 일어서더라고요. 학생들 마음속에 이미 존경심이 가득 담겨있었던 것 같습니다."

김장하 이사장은 또한 학교 운영이나 교육 방침에 대해서도 이런저런 간섭을 하지 않았습니다. 학교 설립 초기부터 "학교 교육은 교육자에게 맡겨져야 하며, 저는 교육을 위한 환경 및 여건의 조성에 최선을 다할 뿐"이라고 말했다고 하죠. 장학생들에게 "공부 열심히 해라"라는 말조차 하지 않은 태도와 똑같았습니다.

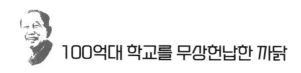

100억대 학교를 무상헌납한 까닭

　김장하 이사장은 학교 설립 8년째가 되던 1991년 8월 17일 명신고등학교 청웅관에서 학교 기증 선언과 함께 퇴임식을 열었습니다. 거의 전 재산을 쏟아부어 만든 학교를 돌연 국가에 헌납한다는 것이었습니다.

　알고 보니 느닷없는 일은 아니었습니다. 이미 1983년 학교 건물 신축 기공식에서 "좋은 학교를 만들어 사회 환원까지 구상하고 있다"라는 말을 했던 것입니다.

　그럼에도 많은 사람이 기증 선언을 의아하게 생각했습니다. 기공식 때부터 기증할 뜻을 밝혔다는 것도 믿지 못했고, 8년째 되는 해에 아무런 조건 없이 기증한다는 것도 보통 사람의 생각으론 이해하기 어려웠기 때문입니다.

사립학교를 자신의 사유재산으로 생각하는 재단이 워낙 많기도 했지요.

사립학교를 국가에서 기증받아 공립으로 전환하려면 우선 경남도의회에서 '경상남도립학교 설치조례'를 개정해야 합니다. 이에 따라 1991년 8월 8일 경남도의회 문교사회위원회에 이 안건이 회부됐습니다. 먼저 배일문 경남도교육청 관리국장이 제안설명을 통해 설립자 변경 사유를 이렇게 보고했습니다.

"설립자 변경사유입니다. 학교법인 남성학숙 이사장 김장하는 평소 사회에서 얻은 재산은 당연히 사회로 환원되어야 한다는 소신을 가지고 한약방에서 얻은 수익으로 불우학생에게 장학금을 지급하는 등 사회적으로 모범적인 생활을 하던 중 진주지구 학생 수용과 인재 양성을 위하여 학교 설립에 뜻을 두었으며 학교 설립 후 교육시설 등 교육여건이 조성되면 국가에 기부한다는 생각으로 83년 명신고등학교를 설립, 학교 운영은 물론 고등학교의 교육내실화 환경조성에 심혈을 기울여온 바 현재에 이르러 학교시설 및 교육 내실이 일정한 수준에 도달하여 법인의 지원 없이도 학교 운영에 문제

점이 없다고 판단하여 설립 당시 소신대로 공립으로 전환, 국가에서 관리토록 법인 및 학교 재산을 경상남도에 기부채납할 것을 이사회 의결을 거쳐 인가신청하였습니다."

이어 기증받으려는 명신고등학교의 재산목록을 보고했습니다. 땅값이 42억 6,600만 원, 건물이 12억 3,700만 원, 현금 1억 원, 비품 등 2억 9,800만 원, 합쳐서 모두 59억 원 정도였습니다. 그러나 땅값은 공시지가, 건물은 과세시가표준액으로 계산한 금액인데, 이를 감정가 또는 시가로 계산하면 110억 정도라고 했습니다.

이처럼 막대한 재산가치를 지니고 있는 학교를 무상으로 국가에 헌납한다는 것이 도저히 믿기지 않았던 한 경남도의원이 물었습니다.

"법인 지원 없이도 운영이 가능한 탄탄한 학교라면 그 설립자가 계속 운영하면 될 텐데 무엇 때문에 학교를 국가에 헌납하려는지 궁금합니다."

교육청 관리국장은 이렇게 대답했습니다.

"이 학교는 시설이나 학교 내실, 선생님의 질에서 굉장히 우수한 편입니다. 그래서 이분한테 왜 공립으로 기부채납하려고 하느냐를 누누이 타진도 하고 여러 가지 방면으로 알아봤습니다. 이분은 현재도 한약방을 하고 있습니다. 순수한 자신의 뜻이 다하는 것 외에는 아무것도 발견한 것이 없습니다. 그리고 일반적으로 저희들이 볼 때는 사립학교가 이런 정도 시설을 가지고 있으면서 공립으로 기부채납한다는 것은 거의 전례가 없는 일이 아닌가 합니다."

그로부터 열흘 뒤 김장하 이사장 퇴임식이 열렸습니다. 많은 사람이 궁금해했듯이 그는 대체 왜 기증을 결심했을까요? 김장하 본인의 퇴임 인사말에 그 이유가 나와 있습니다.

"저는 가난한 농가의 아들로 태어났습니다. 부끄러운 고백일지 모르겠습니다마는 저는 오직 가난 때문에 하고 싶었던 학업을 계속할 수 없었습니다. 그리고 오늘날과 같은 한약업에 어린 나이부터 종사하게 되어 작으나마 이 직업에서는 다소 성공을 거두게 되었습니다. 제가 본교를 설립하고자 하는 욕심을 감히 내었던 것은 오직 두 가지 이유 즉, 내가 배우지 못했던 원인이 오직 가난이었다면, 그 억울함을 다른 나의 후배들이 가져서는 안 되겠다 하는 것이고, 그리고 한약업에 종사하면서, 내가 돈을 번다면 그것은 세상의 병든 이들, 곧 누구보다도 불행한 사람들에게서 거둔 이윤이겠기에 그것은 내 자신을 위해 쓰여져서는 안 되겠다는 생각 때문이었습니다.

그리고 그 두 가지 요건을 충족시키는 가장 좋은 일이 곧 장학사업이 되었던 것이고, 또 학교의 설립이었습니다. 그런 사정을 전후로 해서 본 명신고등학교는 탄생되었던 것입니다. 그런데, 그런 이유에서 설립된 것이 이 학교이면, 본질적으로 이 학교는 제 개인의 것일 수 없는 것입니다. 앞에서도 말씀드렸듯이 본교 설립의 모든 재원이 세상의 아픈 이들에게서 나온 이상, 이것은 당연히 공공의 것이 되어야 함이 마땅하다는 것이 본인의 입장입니다.

그리고 본교가 공공의 것이기 위한 가장 좋은 방법이 바로 공립화요, 그것이 국가 헌납이라는 절차를 밟아 오늘에 이른 것입니다.

그러나 한편으로 생각해 보면 지금의 본교는 제 전부나 다름이 없습니다. 저의 신조는 앞서 말씀드렸듯, 제가 거둔 금전적 이득은 제 자신을 위해서는 최소한의 필요 이상은 절대 쓰지 않는다는 것이었고, 그 근검 절약의 결과로 쌓이고 쌓인 것이 바로 본교인 것이고 또 그것은 금전적으로도 저의 전 재산이며, 정신적, 상징적으로도 제 전부나 다름이 없는 것입니다. 그런 모든 것을 송두리째 내버려두고 떠나는 이 자리에 서고 보니, 그야말로 만감이 교차함을 느끼지 않을 수 없습니다.

그러나 개인의 능력은 한계가 있는 것입니다. 제가 계속 이 학교를 움켜쥐고, 지원을 나름대로 해 나간다 하더라도 저의 생전이나 사후에 저와 저를 둘러싼 제반 환경이 어떻게 바뀔지 모르고, 본교의 모습도 현재의 발전적인 것을 영원히 지속하리란 보장 또한 희미한 것입니다.

그리고 어차피 공립화의 길을 걸어야 할 수밖에 없다면 시기는 바로 이때가 가장 좋다는 판단이 섰습니다. 곧 학교가 완전히 정상 궤도에 들어서 저의 큰 지원 없이도 운영이 되게 되었고, 학교의 발전 또한 어느 정도 탄력이 붙었기에 이제 제가 더 이상 필요치 않게 된 시기가 바로 이때가 아닌가하는 것입니다."

김장하 이사장의 이 퇴임사를 듣고도 도저히 이해하지 못한 사람이 적지 않았습니다. 세월이 좀 흐른 뒤 진주문고 여태훈 대표가 "명신고 이사장으로 계속 계시면서 훌륭한 선생님들의 든든한 울이 되어주셨으면 좋았을 텐데, 어찌 그리 쉽게 공립으로 전환해버렸습니까?" 물었더니 이렇게 답했다고 합니다.

"내가 그때만 해도 한약방으로 돈도 많이 벌어 학교에 큰 도움이 되었을지 몰라도, 나중에 나이 들어 그럴 형편이 못 되면 괜히 사사로운 욕심이 생길까 두려웠던 겁니다. 그렇게 되면 나도 못난 사학 이사장이 되어 선생님들의 일에 이래라저래라 간섭하려 들 거고, 그렇게 되면 처음 내가 학교를 세우려고 했던 첫 마음을 잃게 될까 봐 두려웠던 거요. 교육이 사업이 되어서는 안 되지 않겠어요. 사업을 하려면 다른 일로 해야지, 학교를 갖고 사업하는 마음으로 하면 큰일 나는 겁니다. 그래서 한 살이라도 더 젊을 때 그냥 국가가 맡아 달라고 내어놓은 겁니다."

사실 김장하는 명신고등학교에 그의 전 재산을 털어 넣었습니다. 심지어 일생 동안 살았던 곳 중에서 가장 넓은 집이었던 이층집도 1987년에 처분하고 한약방 건물 3층으로 이사했습니다. 그렇게 전 재산을 바쳐 만든 학교를 헌납하고 떠나면서도 그는 또 5,000만 원을 추가로 학교에 장학금으로 내놓았습니다.

당시 명신고등학교의 땅과 건물 등의 부동산 가치를 시세로 계산하면 110억 원에 이른다고들 했는데요. 여기에다 8년 동안 그가 학교에 쏟아부은 각종 비품이나 교사 회식비, 여행지원금 등 유무형의 소모성 경비까지 더하면 얼마나 될지 계산조차 하기 어렵습니다.

1991년에 110억 원이면 지금의 가치는 얼마나 될까요? 한국은행 경제통계시스템 화폐가치계산기에 1991년 9월 110억 원을 입력하고 실행해보았습니다. 2023년 기준 292억 원이 현재가치로 나왔습니다.

그렇게 남성학숙은 해산하고 명신고등학교는 국가 재산으로 귀속돼 1991년 공립으로 전환되었습니다. 사립시절 채용됐던 모든 교직원도 공립 교직원으로 고용승계되었죠. 하지만 여기서 빠진 사람이 딱 한 명 있었습니다. 경남교육청은 모든 교직원을 공립으로 특별채용하겠다고 했지만, 김장하는 딱 한 사람, 자신의 동생인 김기하 서무과장만은 사표를 내도록 했습니다. 공적인 일과 사적인 일을 분명히 구분했던 것입니다.

 **공사 구분**

공사 구분이 철저했던 김장하의 면모를 보여주는 또 다른 사례도 있습니다.

다시 문형배의 이야기로 돌아가 보겠습니다.

문형배가 2011년 2월 창원지법 진주지원장으로 부임했을 때의 일입니다. 하동 출신으로 진주 대아고등학교를 나온 그가 진주를 비롯한 서부경남의 재판을 관할하는 사법기관장으로 돌아왔으니 금의환향이라 할 만합니다.

그러나 부임 후 김장하 선생에게 식사대접을 하고자 했으나 거절당했다고 합니다. 그 이야기를 자신의 블로그에 올렸는데, 『삶을 바꾼 만남』(정민 지음, 문학동네)이라는 책의 독후감 마지막 소감 부분에 이렇게 썼습니다.

나에게도 이런 스승이 있다. 고등학교 1학년 때 김장하 선생을 만난 이래 지금까지 한 번도 선생의 가르침을 잊은 적이 없다. 그분은 나에게 대학교까지 장학금을 주셨지만 내가 받은 것은 가르침이었다. (…중략…) 진주지원장으로 부임했으니 식사 한번 대접하겠다고 하여도 공직자와 식사하는 게 불편하다며 거절하는 분. 내 삶이 헛되지 않다면 그 이유는 선생님을 만났기 때문이다.

김장하 선생은 그가 해당 지역 사법권을 관할하는 자리에 있는 동안 사적 만남은 부적절하다고 생각했던 것입니다. 문형배 재판관은 결국 진주지원장 임무를 마치고 진주를 떠날 때에야 겨우 밥 한 그릇을 대접할 수 있었다고 합니다. 이 이야기는 '선순환이 되면 공동체가 아름다워진다'라는 블로그 글 아래에 추기로 이렇게 올라와 있습니다.

2012년 2월 인사발령이 나서 진주를 떠나기 전 식사 한번 대접하겠다는 말씀을 드렸더니 선생님은 또 거절하였습니다. 언제 다시 뵙겠느냐고, 식사 한번 대접 못하고 떠나는 제 마음도 생각 좀 해주시라고 억지를 부려 겨우 승낙을 얻었고, 7,000원짜리 해물탕을 한 그릇 대접했습니다.

김장하 선생은 이처럼 자신의 장학생이라 하더라도 권력을 가진 자리에 있을 땐 만남 자체를 피했습니다. 정치인과 언론도 의도적으로 멀리했습니다. 앞서 국회의원의 교사 채용 청탁을 거절한 일에서 보듯이 권력자의 사적인 부탁을 받거나 자신이 부탁을 할 수 있는 관계 자체를 만들지 않으려 했습니다. 그리고 그런 권력자들과 친밀한 관계가 형성되면 자기 자신이 스스로 권력이 될 수 있음을 경계했습니다.

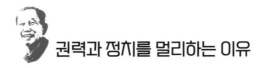

권력과 정치를 멀리하는 이유

지역사회에서 많은 사람의 존경을 받는 어른이 있으면 정치인들이 접근합니다. 그분의 좋은 이미지를 선거에 활용하기 위해서죠. 그런 어른과 만나 사진을 찍어서 마치 그분이 자신을 지지하고 있는 듯한 모습을 연출하려 합니다. 그렇게 하면 선거에서 표를 많이 얻을 수 있다고 생각하는 거죠.

김장하 선생이 김해 김씨 종친회 전국청년회장을 맡고 있을 때의 일이었습니다. 노태우 대통령 시절 권력의 실세였던 김용갑 총무처 장관이 김해시를 방문할 예정인데 김해 김씨 청년회원들을 모아달라는 연락이 왔습니다. 김해 김씨의 지지를 받고 있던 김대중 야당 총재를 견제하려는 의도였죠.

　이 말을 들은 김장하 청년회장은 일언지하에 거절해버렸습니다. 종친회 행사가 있을 때 그가 참석하는 것까지 막을 순 없지만, 권력자가 온다고 해서 사람을 모아달라는 요구는 받아줄 수 없다는 이유였습니다. 그 시절만 해도 권력자와 관계를 맺으면 여러 가지 특혜를 받을 수 있는 기회가 될 텐데도 그렇게 딱 잘라버렸던 것입니다.

　한번은 이런 일도 있었습니다. 김장하 선생과 절친한 관계였던 고 박노정(1950~2018) 시인이 직접 본 사실입니다. 그때도 한약방에 손님이 많아 순서를 기다려야 할 때가 많았다고 합니다. 어느 날 법원 판사가 약을 지으러 왔는데, 빨리 약을 받아가려고 김장하 선생한테 명함을 건넸습니다. 그럼에도 순서를 딱 지키는 바람에 그 판사가 아무 말도 못하고 머쓱해하더라는 것입니다.

　또한 아무리 가까운 사람이라도 정치기부금이나 선거운동 지원은 하지 않았습니다. 진주에서 오랫동안 시민운동을 하며 김장하 선생과 가까워진 하정우라는 젊은이가 있었습니다. 그가 민주노동당 진주시장 후보로 출마하면서 선생을 찾아가 도움을 청했습니다. 그러자 선생은 이렇게 말했습니다.

"옛날에도 여러 정치인이 나에게 그런 부탁을 해왔는데, 나는 정치나 선거운동에는 후원하지 않는다는 신조를 지키고 있소. 그런 신조를 계속 지켜갈 수 있게 이해를 부탁하오."

그런 그였지만 노무현 대통령과 문재인 대통령은 후보 시절 만난 적이 있었습니다. 그분들은 미리 약속을 잡으려 하면 김장하 선생이 만나주지 않을 것을 알고, 불쑥 남성당한약방으로 찾아갔기 때문입니다.

그렇게 하여 노무현 대통령 후보는 한약방에서 김장하 선생과 차를 마시며 대화를 나눈 후 돌아가는 길에 당시 수행했던 김성진 씨에게 이렇게 말했다고 합니다.

"참 좋은 분을 만났네. 정말 좋은 분이다. 정치인을 만나 훈수를 하지 않는 사람은 처음이다."

노무현 대통령은 당선 직후 인수위원회 시절, 부산 벡스코에서 '부산·울산·경남 민(民)에게 듣는다'는 토론회를 개최했습니다. 당선자 측은 이 자리 1번 테이블에 김장하 선생을 초대했는데, 선생은 아예 그 자리에 참석을 하지 않았습니다.

그 뒤에도 노무현 대통령은 김성진 씨를 보내 다시 한 번 식사대접을 하겠다는 뜻을 전했다고 합니다. 그때도 김장하 선생은 "나랏일이 바쁠 텐데 나 같은 사람은 안 만나도 됩니다. 뜻은 고맙다고 전해 주십시오"하며 정중히 거절했다고 합니다.

문재인 대통령 후보도 그런 방식으로 김장하 선생을 만났습니다. 이후 노무현 대통령이 서거하자 김장하 선생은 묘역에 박석을 놓아 그를 추모했습니다. 박석에 새긴 글귀는 이랬습니다.

"희망과 소신으로 이루고자 하신 일 가슴에 새겨둡니다. 김장하 두손 모음."

도지사, 교육감, 시장이 주는 상도 거절한 사례가 여러

번이었습니다. 2023년에는 다큐멘터리 영화 『어른 김장하』가 개봉하여 유명해지자 각종 재단과 단체에서 상을 주고 싶다는 연락이 왔습니다. 그럴 때마다 선생은 거절하며 이렇게 말했습니다.

"줬으면 그만이지, 보상받을 이유가 없지 않습니까?"

봉하마을 노무현 전 대통령 묘소의 박석

4부

공동체를 치유하다

 **내가 받은 돈**

이 글을 쓰고 있는 저는 김장하 선생이 명신고등학교를 국가에 헌납하기 1년 전인 1990년 진주의 주간지역신문 『남강신문』 기자로 있었습니다. 그때 대학 시절 스승인 신경득 교수가 주도해 창간한 문학잡지 『한민족문학』에 편집위원으로 참여한 적이 있습니다. 그 잡지에 평론을 한 편 썼는데, 편집장인 신 교수로부터 제법 적지 않은 원고료를 받았습니다. 무려 35년 전의 일입니다.

그런데 이 책을 쓰기 위한 취재 과정에서 박노정 시인을 인터뷰하면서 김장하 선생이 그 문학잡지가 나올 때마다 원고료를 지원했다는 사실을 알게 되었습니다. 교차 확인을 위해 신경득 교수에게 확인해봤더니 사실이었습니다.

– 선생님, 예전에 우리가 『한민족문학』을 낼 때 김장하 선생이 좀 도움을 주셨다고 박노정 시인이 말씀하시던데요. 사실인가요?

"도움을 주는 정도가 아니라 원고료를 5집까지 계속 주셨어."

– 1집부터 5집까지 모두 주셨다고요?

"그랬지. 내가 박노정 시인에게 말했지. 우리가 이런 책을 만드는데, 문인들이 참 힘들게 살고 있다. 이분들에게 원고료를 좀 줘야겠는데 돈이 없다고 고민을 이야기했더니 그걸 김장하 선생에게 이야기를 한 거야. 그렇게 해서 어떤 때는 300만 원, 400만 원, 500만 원씩 이렇게 원고료를 주셔서 거기에 실린 작가들에게 골고루 쫙 나눠줬지. 비정기 간행 잡지 중에서 처음으로 원고료를 준 게 『한민족문학』이었어. 김장하 선생이 원고료를 지원해 줘서 그렇게 된 거지."

알고 보니 저도 김장하 선생의 돈을 받은 수혜자 중 한 명이었던 것입니다. 어설픈 평론을 한 편 내고 원고료라는 돈을 받았는데, 그땐 '우리 선생님이 무슨 돈이 있다고 원고료까지 주시나?'라고 생각했을 뿐 더 물어볼 생각은 하지 못했는데요. 30년이 훌쩍 지나서야 그 돈의 출처를 알게 된 것입니다.

보통 그런 책을 발간할 때는 재정지원을 해준 사람을 책 머리말이나 편집후기에 언급하며 고마움을 표현하는 게 관례입니다. 그러나 1집부터 5집까지 어느 책에도 김장하 선생에 대한 언급이 없었습니다. 다시 신경득 교수에게 전화를 걸었습니다.

"그래 그게 이상하지? 그게 참 비사(祕史)인데, 김장하 선생이 처음부터 자기 이름을 밝히지 말라고 신신당부를 한 거야. 그래서 4집까지 약속을 지켰는데, 5집을 내면서 너무 고맙잖아? 그래서 마지막 판권 부분에 그동안 우리가 김장하 선생한테 원고료 지원을 받았다, 이런 내용을 내가 다섯 줄인가 넣었어. 그런데 그걸 본 김장하 선생이 대발노발을 한 거야. 그 태도가 하도 완강해서 어쩔 수 없이 인쇄, 제본과 일부 배포까지 끝난 책을 회수하여 일일이 판권 페이지를 뜯어내고 판권만 따로 인쇄한 종이를 풀로 붙여서 책을 배포하게 되었어."

결국 그 일로 김장하 선생의 원고료 지원은 중단되었다고 합니다.

아니나 다를까. 5집 마지막 페이지 판권을 보니 따로 작은 종이에 판권을 인쇄해 붙인 티가 났고, 앞 페이지는 뜯겨진 자국이 남아 있었습니다.

이처럼 김장하는 자신의 선행이 드러나는 걸 극도로 싫어할 뿐 아니라 이미 알고 묻는 질문에도 '기억이 안 난다'거나 침묵으로 일관했습니다.

새로 인쇄해 붙인 판권과 뜯겨나간 페이지 흔적이 선명한 한민족문학 5집

이번 취재 과정에서도 그랬습니다. 처남 최치홍 씨가 고등학교 때 자형 심부름으로 진주고등학교 서무실에 학생 2~3명의 등록금을 대납했다는 데 대해서 묻자 "기억이 안 나네"라고 대답했습니다.

'기억나지 않는' 건 이뿐만 아니었습니다. 이용백 명성한약방 원장이 해준 이야기입니다. 진주시 장대동에 사는 어떤 분이 이용백 원장의 한약방에 약을 지으러 와서 들려준 이야기라고 합니다. 자기 이웃에 어렵게 사는 분이 있는데, 김장하 선생이 다른 사람의 눈을 피하기 위해 이른 아침 그 집을 찾아가 돈을 전달하는 것을 보았다는 것입니다. 이에 대해서도 묻자 선생은 "기억이 안 나"라고 답했습니다.

1980년대 후반~1990년대 초반 진주에서 출판사를 운영했던 박윤판 씨를 통해서도 새로운 이야기를 들었습니다. 그와 저는 당시 '진주청년문학회' 활동을 함께했었는데, 우리 단체도 김장하 선생의 후원을 받았다는 것이었습니다.

"80년대 문학동아리 '울력'과 '진주청년문학회'에서 책을 내거나 행사를 할 때마다 김장하 선생을 찾아뵈었죠. 문학하는 사람들을 좋아해서 흔쾌히 후원을 해주셨어요. 다른 단체보다는 좀 더 많이 줬던 것 같습니다. 한 번 주실 때마다 10만 원 정도로 기억하는데, 그때로선 큰돈이었죠."

이처럼 저도 김장하 선생의 지원을 받았는데, 그 사실을 30년이 넘도록 까맣게 모르고 있었던 것입니다.

시인 박노정과 『진주신문』, '진주가을문예'

1990년 3월 3일 주간 『진주신문』이 시민주주 언론으로 창간되었습니다. 800여 명이 주주로 참여했는데, 그중에 김장하 선생도 있었습니다.

『진주신문』과 김장하의 관계는 박노정 시인을 떼놓고 생각할 수 없습니다. 박 시인은 김장하 선생보다 일곱 살아래인데, 애석하게도 2018년 7월 4일 예순아홉 살의 나이에 먼저 세상을 떠났습니다. 7월 6일 저녁 그를 따르고흠모하던 시민들이 장례식장에서 '시인 박노정을 기리다'라는 제목으로 추모제를 열었는데, 그 자리에서 김장하 선생이 직접 추모사를 읽었습니다. 그 일부 내용을 옮기면 다음과 같습니다.

박 선생님!

이리 가실 줄 알았으면 엊그제 집으로 찾아갔을 때 억지로 라도 깨워 몇 마디 이야기나마 나누었어야 했을 것을 조만 간 다시 오마 생각하고 돌아온 것이 크게 후회됩니다.

당신이 강한 사람이고 그러므로 그깟 병마에도 쉬 굴복치 않으리라 생각했는데, 이리 속절없이 가시다니 애통한 마음 이루 다 말할 수가 없습니다.

여러 일들이 주마등처럼 스쳐갑니다. 민주화운동 이후 권력 과 자본에 휘둘리지 않는 지역신문의 필요를 염원하는 시민 들의 요구는 『진주신문』을 창간하는 단초가 되었습니다. 초 대 발행인을 맡은 선생은 대쪽 같은 기개로 진주 정신의 구 현을 위해 앞장섰습니다. 민심 무서운 것을 보여준 진주농 민항쟁, 계사년의 진주성 전투, 남명사상, 형평운동 등은 『진 주신문』을 통해 새롭게 조명되고 그것은 시민사회에 긍지 와 자부심을 심어주는 계기였습니다.

선생은 문학에 대한 남다른 열정으로 서울 편중의 문학을 변방으로 끌어당겨 나누어야 한다는 일념으로 '가을문예' 를 제창했습니다. 가을문예는 엄정한 심사과정을 통해 신 진 문학도에 길을 열어주는 신선한 산실로 이미 스무 해를 넘겼습니다.

이외에도 시민사회에서 벌어지는 좋고 궂은 일에는 언제나 당신이 있었습니다. 함께한 30여 년 세월에 당신이 있어 덜 외롭고 든든했습니다.

김장하 선생의 이 글을 보면 박노정 시인이 『진주신문』을 통해 많은 일을 했고, '진주가을문예'도 박 시인이 다 한 것 같지만, 사실 『진주신문』에 10여 년간 매월 1,000만 원씩, 모두 10억 원 이상의 운영비를 지원하고, 가을문예 또한 1억 5,000만 원의 기금을 내고 매년 소설 1,000

박노정 시인에 대한 추모사를 읽는 김장하 선생

만 원, 시 500만 원의 상금을 지원한 이는 김장하 자신이 었습니다.

박노정 시인은 진주를 비롯한 경남지역에 많은 족적을 남긴 문화예술인이자 언론인, 시민운동가였습니다. 그는 『진주신문』 대표이사를 하면서도 진주환경운동연합, 진주문화연구소, 친일잔재청산을위한시민운동본부 등 단체에서 활동하였고, 김장하 선생이 만든 남성문화재단과 형평운동기념사업회에서 중요한 역할을 맡기도 했습니다.

김장하 선생은 이런 왕성한 사회활동을 하던 박노정 시인과 대화를 즐겼습니다. 주로 진주 지역사회를 비롯한 세상 돌아가는 이야기였고, 박 시인이 앞장서 활동하는 시민운동을 뒤에서 묵묵히 후원했습니다.

"그 당시 제일 문제가 뭐냐면 사회가 겁나는 데가 있어야 하는데, 겁나는 데가 없이 설치면 사회가 몰락하거든. 지방 토호세력이 많았잖아요. (그들이) 무서워하는 데가 있어야 하는데, 그 역할을 『진주신문』이 해줬어야 했어."

즉 돈 많고 힘 있는 사람들이 무서워하도록 그들을 감

시하고 비판하는 언론이 있어야 한다는 말이었습니다. 그래서 그는 국민주주 신문인 『한겨레』가 창간할 때도 주주로 참여하여 2,600만 원을 선뜻 내놓기도 했습니다.

김장하 선생은 『한겨레』와 『진주신문』을 후원한 이유를 이렇게 설명했습니다. 다음은 박노정 시인의 추모 책자에 김장하 선생이 쓴 글입니다.

자유민주주의를 지키고 가꾸려는 노력에서 언론의 역할은 새삼 강조할 필요가 없다. 군사정권이 들어선 지 18년이 지난 세월에 10.26사태로 '서울의 봄'이 오려나 하고 기대했지만 전두환 정권이 또다시 무자비하게 언론과 자유민주주의를 짓밟았다. 그럼에도 어느 언론이고 '아니오'라고 말하는 자가 없고 잘 길들여진 어진 황소처럼 순종할 따름이었다. 이런 시기에 1988년 5월 15일에 송건호 선생이 『한겨레신문』 창간을 선언했다. 그로부터 언로가 트이고 비판의 목소리가 나오기 시작했다. 나도 『한겨레』 주식을 좀 사서 작은 힘이나마 보태고는 언론의 회생에 쾌재를 부르고 있을 때였다. 1990년대의 진주도 가치관의 혼돈으로 인하여 '5도 10적'이라는 토호세력이 불의를 저지르고 사회정의가 사라지고 있을 때 권력과 재물에 휩쓸리지 않는 지역신문을 창간

하자는 여론이 비등해졌다. 이에 『한겨레』와 같이 '시민주'
로 모집한 『진주신문』을 창간하게 되었다. 발행·편집인 겸
대표이사를 박노정 씨가 맡았다. 성품이 대쪽 같은 기개로
'진주정신'의 구현을 위해 앞장섰다.

이처럼 그는 많은 단체와 언론을 지원했지만 대부분 뒤
에서 말없이 돕는 방식이었습니다. 그런데 직접 회장을
맡아 공개적으로 시민운동에 나선 경우도 있었습니다. 바
로 형평운동기념사업회였습니다. 이는 일제강점기인
1923년 진주에서 창립, 천민으로 취급받던 백정의 인권
보장운동을 펼쳤던 '형평사'를 기념하고 계승하려는 단체
였습니다.

대개 '기념'이라는 이름이 붙은 단체는 그저 과거의 역
사를 기억하고 알리는 데만 치중하는 경우가 많은데, 형
평운동기념사업회는 달랐습니다. 이 단체의 창립모임에
서 김장하 회장은 이렇게 말했다고 합니다.

"반 차별 정신을 계승하고 평등사상의 존귀함은 오늘날
사회에도 적용되어야 합니다. 빈부 차별, 성 차별, 장애인
에 대한 차별, 노인 차별 등 사회 곳곳에서 차별을 발견할

김장하 선생이 형평운동기념사업회 후원행사에서 인사말을 하고 있다.

수 있습니다. 70년 전의 반차별운동을 기념하며, 그 정신을 계승하여 정의사회를 구현하여야 합니다. 오늘의 모임은 이러한 일을 시작하는 작은 옹달샘으로 앞으로 큰 강물을 이룰 수 있기를 기대합니다."

김장하 회장의 이런 생각은 창립 취지문에도 반영되었습니다.

형평사를 만들고 키웠던 정신은 과거만의 것이 아닙니다. 민주화로 나아가는 오늘의 정신이고, 서로를 사랑하고 똑같이 사람답게 살고자 하는 인류의 영원한 정신입니다. 그 정신을 기리고 계승하는 것은 바로 우리가 우리의 삶을 일구는 일이며, 이 땅을 더 나은 삶의 터전으로 가꾸는 자랑스러운 일입니다.

이처럼 김장하 선생은 각종 차별을 철폐하고 평등한 사회를 실현하는 게 이 시대의 가장 절박한 과제라고 생각했습니다.

진주시 가좌동 석류공원 뒤 도로변에 '형평운동가 강상호 선생 묘역'이 있습니다. 지금은 입구에 안내판도 있고 강상호(1887~1957) 선생이 어떤 분인지 설명하는 시설물도 있지만, 예전에는 '백촌강상호지묘(栢村姜相鎬之墓)'라는 묘비 하나만 있었습니다. 누가 언제 세웠는지 알 수 없는 묘비였는데, 뒷면에 이런 글귀가 적혀 있었죠.

모진 풍진의 세월이 계속될수록 더욱 그리워지는 선생님이십니다.

- 작은 시민이

강상호 선생 묘비 앞면과 뒷면

    묘비 뒷면에 적혀 있는 '작은 시민'이 과연 누굴까 궁금했습니다. 그래서 이 묘비를 세운 사람을 수소문하던 중 진주에서 역사를 연구하던 김경현 씨가 1999년에 세웠다는 것을 알 수 있었습니다. 그를 만나 물었습니다.

    "혹시 예전에 강상호 선생 묘소에 고유제를 지내드리고 비석을 하나 세운 적이 있습니까?"

    "(잠시 침묵)… 있는데, 그 사실을 어디서 듣고 이렇게 전화를, 취재를 하는 건가요?"

    "묘비 뒷면에 '작은 시민'이라는 글귀가 있는데, 그 사람이 혹시 그 비석을 세우는 비용을 댄 사람 아닌가요?"

    "그걸 도대체 누구한테 듣고 나에게 확인하고 계신지 모르겠지만, 누구한테 들었는지 그 이야기부터 좀 해보세요."

"누구에게 들은 이야기는 아니고요. 그냥 내 느낌이 아무래도 김장하 선생인 것 같아서….."

"사실 김장하 선생이 맞는데, 그때 돈을 주시면서 절대 아무한테도 이야기하지 말라고 했거든요."

김경현 씨는 『일제강점기 인명록』이라는 책을 냈을 때도 김장하 선생의 도움으로 출판기념회를 할 수 있었습니다. 그 책은 진주지역에서 친일반민족행위를 한 인물을 조사하여 『친일인명사전』을 편찬하는데 기초 자료가 되었습니다.

김장하 선생은 민족문제연구소의 『친일인명사전』 편찬에도 큰 금액을 기금으로 기탁했습니다.

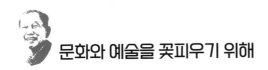

문화와 예술을 꽃피우기 위해

전문예술법인 '극단현장'은 진주의 자랑거리 중 하나입니다. 진주의 중심가인 동성동에 현장아트홀이라는 4층짜리 번듯한 건물도 갖고 있습니다.

상시 근무하는 단원만 10명이 넘고 공연 횟수가 800회가 넘는 전국구 극단입니다. 그러나 어려운 시절도 있었습니다. 1990년대 한 건물의 지하에 소극장을 마련했는데, 알고 보니 폐업한 병원의 영안실 자리였습니다. 그나마 건물주 사정으로 나오게 되었는데, 갈 곳이 막막했습니다. 돈도 없었죠. 김장하 선생을 찾아갔습니다. 1998년이었습니다.

선생은 흔쾌히 3,000만 원이라는 거금을 내쳤습니다. 그 돈을 전세금으로 옛 진주시청 앞 골목 4층에 연극전용 소극장을 새로 구했습니다. '극단현장' 고능석 대표이사의 말입니다.

"공연하는 사람들 특히 연극인들한테 공연장은 굉장히 중요합니다. 모일 수 있는 장소거든요. 우리 극단이 내년이면 50주년인데, 이 장소 덕분에 100년, 200년도 갈 거 같아요. 그만큼 장소라는 게 굉장히 중요합니다."

그때의 3,000만 원이 씨앗이 되어 현재의 건물까지 살 수 있었습니다. 현장아트홀은 이미 진주의 명소가 되었습니다. 지역사회의 웬만한 행사도 여기서 열립니다.

극단현장은 그 3,000만 원을 갚았을까요?

"갚으러 갔죠. 물론 그때도 사정이 좋지는 않았지만 갚아야 한다고 생각했어요. 그런데 선생님이 '절대 안 받겠다'고 하셨어요. '어떻게 내가 당신들한테 받을 수 있나. 그냥 좋은 일 해라. 계속 연극 잘 하면 된다'라고 하셨습니다."

고능석 대표는 대학 시절부터 연극동아리에서 활동했습니다. 그때도 이미 남성당한약방에 가면 스폰서를 해준다는 소문이 대학 내에 파다했다고 합니다. 그래서 대학생 고능석도 남성당을 찾았습니다.

"경상대학교 연극반에서 왔다고 하니 곧바로 서랍에서 봉투를 꺼내주시더라고요. 봉투엔 5만 원이 들어 있었는데, 하시는 말씀이 '조금 전에 다른 친구가 왔는데 돈을 안 줬다. 전국 일주를 할 거라고 해서 주지 않았다. 그런데 니네들이 연극을 하고 있어서 주는 거다. 열심히 해라' 이러시는 거예요. 그 기억이 저에게 깊이 남아 있어요."

이처럼 김장하는 특히 문화 예술하는 사람과 단체를 많이 아끼고 챙겼습니다.

2022년 5월 31일 남성당한약방 폐업을 나흘 앞둔 27일 오후 시민사회단체 인사 10여 명이 꽃바구니와 꽃다발을 들고 남성당한약방을 방문했습니다. 30일에는 극단 현장, 31일에는 예술공동체 큰들과 옛『진주신문』기자들의 방문이 이어졌습니다. 한약방이 문을 닫는다는 소문을

폐업 전 남성당한약방을 찾은 극단현장 단원들과 시민사회단체 인사들

듣고 감사 인사를 드리기 위해서였죠. 진주오광대보존회도 그들 틈에 있었습니다.

2019년 1월 16일 진주시민사회가 비밀리에 준비한 김장하 선생 깜짝 생신잔치에서 무대에 오른 강동욱 당시 경남문화예술회관 관장(진주오광대 예능보유자)은 이렇게 말했습니다.

"진주오광대가 일제의 탄압으로 못하게 되고 이후 1997년 이를 복원하는 과정에서 김장하 선생님이 복원사업회 부이사장, 보존회 이사장, 진주탈춤한마당 위원장을 3년간 맡아서 도와주셨습니다. 또 진주민예총 활동을 할 때 출연자들 밥값 지원도 많이 받았습니다. 개인적으로는 제가 독일에 공연하러 갈 때 용돈 하라고 100만 원씩 넣어주기도 하셨고, 오광대 복원사업회를 창립할 때 1,000만 원, 창작탈춤 『백정』을 제작할 때도 큰돈을 받았습니다."

이밖에도 김장하 선생은 학교 밖 청소년들을 위한 야학교에도 전세금을 선뜻 기부했고, 어린이 문화행사에도 행사비용을 지원했다고 합니다.

2023년 김장하 선생의 이야기를 담은 영화 『어른 김장하』가 극장에서 개봉했습니다. 이 영화가 화제가 된 후 미처 몰랐던 선생의 더 많은 선행이 새롭게 드러나기도 했습니다. 그중 하나가 하승철 하동군수의 이야기였습니다.

그가 30여 년 전 진주시 강남동에서 동장으로 근무하던 시절이었다고 합니다. 어느 가정이 범죄 피해를 당해 고등학생 자녀의 살길이 막막했는데, 당시 행정기관에서는 지원할 수 있는 방법이 없었습니다. 고민하던 중 동사무소 직원이 "남성당한약방 김장하 선생이 도움을 줄 것"이라고 하여 찾아가 사정을 말했더니, 두 말 않고 거액의 전세금과 생계비를 지원해주더라는 것입니다.

강재위 진주시 복지담당 공무원도 30여 년 전 장대동 사무소에 근무할 때 저소득층 자녀들을 위한 복지프로그램을 운영하면서 김장하 선생의 큰 도움을 받았고, 일본군'위안부' 진실규명운동을 하던 강동오 씨도 2007년 하동에 '평화의 탑'을 건립하고 피해 할머니들을 모시고 효도관광을 할 때 김장하 선생으로부터 큰 금액을 지원받았다고 합니다.

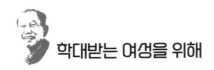

학대받는 여성을 위해

저는 7년 동안 김장하 선생을 취재하면서도 그의 손길이 여성운동에까지 미쳤다는 사실을 몰랐습니다. 선생이 자신의 선행을 묻는 질문에 아예 대답을 하지 않은 탓도 있지만, 그 정도 연세의 어른이 여성문제에 관심을 가졌을 것이라고는 미처 생각하지 못했기 때문입니다.

그러다 명성한약방 이용백 원장을 인터뷰하면서 '한울타리'라는 사회복지법인 이야기를 들었습니다. '한울타리'가 운영하는 시설이 있었는데, 가정폭력 피해여성 보호시설이었습니다. 이 시설은 네이버 지도나 다음 지도에도 나오지 않습니다. 가정폭력 가해자가 그곳에 피신해 있는 피해 여성을 찾아올 수 있어 위치를 공개하지 않기 때문입니다.

어렵게 물어 찾아가 '한울타리' 정행길 이사장을 만났습니다. 그의 첫마디는 이랬습니다.

"김장하 이사장님 때문에 오셨죠? 그분은 자신을 알리려고 애쓰는 분이 아닌데 어떻게 이걸 하시게 되었는지 궁금하시다고요?"

취재 목적과 경과를 설명했더니 "아이고 참 좋은 일 시작하셨네"라고 칭찬해줬습니다.

정 이사장은 1997년 가정법률상담소 진주지부 소장을 맡으면서 김장하 선생을 알게 됐다고 합니다. 그때 가정법률상담소 이사장이 김장하였습니다.

"그때 처음 뵈었죠. 인상은 뭐랄까. 아주 공부가 많이 된 스님 같은, 또는 깊은 호수 같은 그런 느낌이었어요. 그때 50대 초반인가 그랬을 텐데, 그런 남성들 참 드물잖아요. 자기를 나타내려고 하는 게 전혀 없었어요. 참 호수처럼 잔잔하면서 그러나 안에 내공이 굉장히 깊은 분이구나 그런 느낌이었어요. 이야기도 조용조용하게 하셨죠."

그때는 '칠거지악'까진 아니더라도 '암탉이 울면 집안이 망한다'는 편견이 여전히 강했고, 여성은 남성의 예속적인 존재로 여겨지던 시대였습니다. 그런 상황에서 김장하 이사장의 여성관은 어땠을까요?

"그런 인식이 경상도 남자는 더했는데, 김장하 이사장님은 '여성도 인간이다' 거기서부터 출발을 하시더라고요. 너무나 놀라운 일이었죠. 저로서는 그런 인식을 가진 남성이 남편 외에는 처음이었어요. '사람은 다 인간이고, 인간이면 똑같이 대접받아야 하고, 우리가 그런 서비스를 해줘야 한다.' 그랬죠. 우리 상담소는 무료로 변호사를 선임해서 변론받을 수 있는 제도가 있거든요. 그걸 활용해서 여성도 사람답게 살도록 도와주자, 이사장님은 딱 그런 자세였어요. 참 드문 분이었죠."

그러다 2000년 가정법률상담소 이사장이 김장하에서 이용백 원장으로 바뀌었습니다. 그즈음 정행길은 소장으로 있는 동안 어려운 상황에 처한 여성들이 갈 데가 없는

1999년 가정폭력상담소 개소식. 왼쪽이 정행길 소장과 김장하 이사장

현실을 목격하고 '상담만으로 끝날 게 아니구나, 그런 여
성을 보호해줄 쉼터가 필요하겠구나'라고 생각했습니다.

"김장하 이사장님을 만나러 남성당한약방으로 찾아갔
죠. '상담소 이사회에 기금이 1억이 있고, 이 기금을 활용
하여 여성들 피난시설을 만들었으면 좋겠는데 어떻게 하
면 좋을까요?' 이렇게 의논을 드렸죠."

그랬더니 김장하 선생은 반색을 하며 찬성해주었습니다.

"아 좋다, 시설을 하자, 아주 전폭적으로. 그동안 그런 생각하고 있었냐고, 자기도 그런 생각을 했는데, 어찌 그런 생각을 다 했냐 그러면서 적극적으로 호응을 해주셨어요. 다른 이사들이 불평 안 하도록 자기가 방패를 쳐주겠다. 그렇지 않으면 집을 짓기 힘들 거다. 김장하 이사장님 아니었으면 이 집은 탄생하지 못했을 겁니다."

처음엔 진주시 외곽에 아파트를 한 채 빌려 시작했습니다. 그리고 본격적인 시설 건립을 위해 사회복지법인 설립을 추진했습니다.

"김장하 이사장님이 굉장히 많은 도움을 주셨어요. 지금으로 치면 1,000만 원, 2,000만 원도 주시고, 매월 후원금 주시고. 김장하 이사장님이 그렇게 하니까 이용백 다음 이사장님 같은 분도 동참을 하게 되고…."

그렇게 하여 가정폭력 피해여성 보호시설은 2006년에 준공, 개관했습니다.

정행길 이사장은 당시 추진과정을 설명하면서 이사회의 모습과 신축기공식 등이 담긴 사진을 여러 장 보여

2005년 10월 14일 가정폭력 피해여성 보호시설 신축기공식. 맨 왼쪽 끄트머리에 김장하 이사장이 보인다.

2005년 11월 한울타리 이사회. 맨 왼쪽이 김장하 이사장

주었습니다. 사진 속 김장하 선생은 모두 귀퉁이나 끄트머리에 앉거나 서 있는 모습이었습니다. 중심부에 있는 사진은 없었습니다.

　- 이 사진도 그렇고, 저 사진에서도 그렇고 김장하 선
　　생은 항상 끄트머리에 있네요?
　"잘 보셨어요. 가운데를 이사장님 자리라고 딱 놔두죠? 사양하세요. 여기서도 제일 끝에 앉아계시죠? '아유 나 그런데 안 간다'면서 스스로 구석진 자리에 항상 가세요. 사람들이 막 이렇게 모시는 걸 또 굉장히 싫어하세요."

　- 그런 것 같네요. 본인이 돋보이는 걸 싫어하는….
　"바로 이런 거예요. 참 지적을 잘 하셨는데, '우리한테 정신적 지주 역할을 하시려면 가운데 앉으셔야 돼요' 하고 자리를 마련해도 안 앉으셨어요."

　현재 이 시설은 $4,957\,m^2$(약 1,500평) 부지에 생활시설 3개 동과 상담실, 교육실, 프로그램실, 식당을 갖춘 사무동으로 구성되어 있으며, 사회복지사 등 8명의 상근요원이 근무하고 있습니다. 단순한 보호시설 역할뿐 아니라

가정법률상담소 가정폭력 추방 캠페인

가정법률상담소와 진주여성민우회 공동 거리 캠페인

다양한 치유·회복프로그램과 직업훈련교육, 동반자녀 문화체험, 자립 지원 활동을 하고 있습니다.

정행길 이사장이 보여준 사진 중에는 진주여성민우회와 가정법률상담소가 공동으로 진주시내 번화가에서 가정폭력 추방 캠페인을 하는 모습도 있었는데, 거기에도 김장하 선생이 있었습니다. 지금까지 전혀 보지 못했던 모습이었습니다.

정행길 이사장은 "호주제 폐지가 우리 사회에 아주 뜨거운 이슈로 떠올랐던 시기였는데, 김장하 이사장님도 거리에 함께 나서 호주제 폐지 찬성에 힘을 실어주셨다"라고 말했습니다.

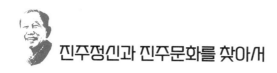

진주정신과 진주문화를 찾아서

　김장하 선생은 박노정 시인과 특히 친했는데, 경상국립
대학교 국어교육과 김수업(1939~2018) 교수와도 많은
일을 함께했습니다. 두 분은 특히 진주정신과 문화를 살
리기 위해 뜻을 모았는데, 그중 하나가 '진주문화를 찾아
서'라는 주제로 해마다 꾸준히 책을 만들어 배포 · 유통한
일입니다.

　보통 책 한 권을 출판하려면 편집 · 디자인 · 인쇄 · 제
본 · 유통 등 1,000만 원 정도의 비용이 듭니다. 이런 출판
비용은 물론이고 책 발간을 위한 편간위원회 운영경비까
지 모두 김장하 선생이 설립한 남성문화재단이 부담했습
니다. 그렇게 하여 『논개』, 『남명 조식』, 『형평운동』, 『진주

농민항쟁』,『진주 8경』,『진주성 이야기』 등 모두 23권의 책이 나왔습니다.

김수업 교수가 '진주문화를 찾아서' 책 발간 계획을 세우고 첫 편집위원회 회의를 할 때, 막대한 출판비용을 걱정하자 김장하 선생이 이렇게 말했다고 합니다.

"사돈댁 마당이 터지는데 솔뿌리 걱정을 하겠습니까."

옛날에는 바가지나 함지박이 깨지거나 틈이 생기면 어린 소나무 뿌리를 가늘게 나누고 잘 말려 실이나 노끈 대신 꿰매어 수선했다고 합니다. 김장하 선생의 그 말은 '가뭄에 갈라진 마당을 솔뿌리로 꿰맨다는 건 터무니 없는 일이니 쓸데없는 걱정을 하지 말라'라는 뜻으로 쓰이는 속담이었습니다.

김수업 교수는 '진주문화연구소'를 설립하여 여러 가지 사업을 펼쳤는데 여기에도 늘 김장하 선생이 함께했습니다. 김수업 교수는 이 밖에도 우리말 사랑과 글쓰기 교육, 진주 오광대와 솟대쟁이놀이 복원과 보존 등 많은 일들을

김장하 이사장과 김수업 교수

하고 2018년 여든 살의 나이로 돌아가셨습니다.

이처럼 김장하 선생이 가장 가깝게 지냈던 두 분이 바로 김수업 교수와 박노정 시인이었는데, 공교롭고 안타깝게도 두 분은 2018년 6월과 7월에 돌아가셨습니다. 김장하 선생이 크게 애통해한 것은 물론이죠.

 생일잔치

　진주지역에서 세 분을 존경하고 따르는 후배들도 두 분
의 죽음을 애석해했습니다. 그들은 더 늦기 전에 김장하
선생께 고마움을 표현하는 자리를 비밀리에 준비했습니
다. 2019년 1월 16일 선생의 생신날 '깜짝 잔치'를 열기
로 한 것입니다. 선생이 알면 못 하게 하거나 참석하지 않
을 게 뻔했기 때문입니다.

　김장하 선생은 생일을 맞아 가족과 함께 저녁식사를
한 후, 좋은 공연이 있다는 아들의 말에 영문도 모른 채
행사장으로 왔습니다. 선생의 아들과 미리 그렇게 짜두
었습니다.

　그렇게 하여 16일 오후 7시 경남과학기술대학교(현재

경상국립대) 백주년기념관 아트홀에는 김장하 선생에게 직간접적으로 도움을 받았거나 평소 그를 흠모해오던 사람들 120여 명이 알음알음으로 모였습니다.

먼저 문형배 헌법재판관이 앞에 나와서 말했습니다.

"저는 고등학교 2학년부터 대학교 4학년 때까지 장학금을 받았습니다. 1986년 사법시험에 합격하고 선생님께 고맙다고 인사를 갔더니, 자기한테 고마워할 필요는 없고 이 사회에 있는 것을 너에게 주었을 뿐이니 혹시 갚아야 한다고 생각하면…."

이 대목에서 그는 목이 메어 말을 잇지 못했습니다. 울먹이며 뒤돌아선 그에게 청중은 격려 박수를 보냈습니다. 감정을 추스른 그가 말을 이었습니다.

"갚아야 한다고 생각하면 이 사회에 갚으라고…. 제가 이 사회에 조금이라도 기여한 것이 있다면…."

또다시 눈물을 글썽이며 울먹이는 그에게 청중이 박수

를 보냈습니다.

"…있다면, 그 말씀을 잊지 않았기 때문이라고 생각합니다."

이어 문화예술, 노동, 농민, 여성 등 여러 분야에서 선생의 도움을 받은 이들이 나와 고마웠던 일을 털어놓았습니다.

하지만 정작 그때까지 김장하 선생은 행사장에 없었습니다. 선생이 이런 이야기를 민망해할 것을 알기 때문에 1부에서 참석자들끼리 서로 도움받은 이야기를 나누고, 2부 행사 시간에 선생을 모시기로 했기 때문입니다.

이 행사를 처음부터 준비했던 홍창신 전 형평운동기념 사업회 이사장이 나왔습니다.

"되돌아보면 우리는 한 번도 그분에게 제대로 고마움을 표한 적이 없습니다. 더 늦기 전에 그이와 따뜻한 시간을 갖고 마음에서 우러나는 깊은 감사의 인사를 드리고 싶어

진주시민사회가 마련한 김장하 이사장 깜짝 생일잔치

이 자리를 마련했습니다. 워낙 그 어른이 낯을 드러내거나 공치사를 싫어하시는 분이라 미리 알게 되면 못하게 할 게 뻔해서 은밀히 준비하느라 많은 분을 초대하지 못했습니다."

1부 행사가 끝나고 오후 8시 20분쯤 김장하 선생이 영문도 모른 채 행사장에 들어서자 우레와 같은 박수가 쏟아졌습니다. 동시에 무대 앞 벽에 '김장하 선생님 고맙습니다'라고 적힌 펼침막이 내려와 펴졌습니다.

곧이어 한 참석자가 생일 케이크를 들고 와 선생 앞에

놓았습니다. 참석자들은 축가를 합창했습니다. 그러고는 사회자가 선생에게 한마디 말씀을 청했습니다. 선생이 무대에 오르자 참석자들은 일제히 자리에서 일어나 "선생님 고맙습니다"하며 허리를 숙여 인사했습니다.

"영문도 모르고 잡혀 와서 아직도 얼떨떨하다"라고 말문을 연 김장하 선생은 이렇게 짧은 인사를 했습니다.

"여태까지 살아오면서 부끄럽지 않게 살려고 노력을 많이 했지만 아직도 부족한 게 많습니다. 앞으로 남은 세월은 정말 부끄럽지 않게 살도록 노력하겠습니다."

참석자들은 놀이패 '큰들'과 함께 노래 '만남'을 합창하면서 행사를 마무리했습니다. '큰들' 단원들은 노래가 진행되는 동안 스케치북에 쓴 여러 카드를 펼쳐 보였습니다.

"선생님이 걸어오신 그 길, 저희도 따라 걷겠습니다."
"돈은 모아두면 똥이 된다."
"똥이 거름되어 꽃이 피었습니다."
"여기 진주에 꽃이 피었습니다."

"진주사람 웃음꽃이 피었어요."

"선생님이 계셔 든든합니다."

"선생님 늘 건강하십시오."

"♡♡♡참 고맙습니다~ 선생님♡♡♡"

　문형배 헌법재판관의 눈물로 시작된 김장하 선생의 깜짝 생신잔치는 모두의 행복한 웃음과 노래로 마무리되었습니다.

은퇴

김장하 선생은 2021년 일흔일곱 살이 되자 조용히 은퇴를 준비했습니다. 그해 12월, 지난 20여 년간 운영해오던 남성문화재단을 해산하면서 남은 재산 34억 5,000만 원 전부를 경상국립대에 기탁했습니다.

절차는 모두 끝난 상태였으나 경상국립대는 굳이 '남성문화재단 재산 전달식'을 열고자 했습니다. 감사패를 전달하고 명예의 전당에 이름을 새기겠다는 것이었습니다. 행사는 12월 9일로 잡혔습니다.

이보다 앞선 12월 4일 현장아트홀에서 마지막 진주가을문예 시상식이 열렸습니다. 남성문화재단이 해산하면서 가을문예도 자동으로 중단되기 때문입니다. 제27회가 마지막이 되었습니다.

　김장하 선생은 재단 이사장 직함으로 하는 마지막 인사 말을 양복 안주머니에서 꺼냈습니다. 굵은 글씨체로 출력된 제목은 '모든 인연이 소중했습니다'였습니다.

　해마다 가을이 되면 무엇인가가 기다려졌습니다. '기다림은 만남을 목적으로 하지 않아도 좋다'는 시 구절이 있지만, 가을이 되면 늘 기다려지는 인연이 있었던 겁니다. 그 인연은 울긋불긋 단풍처럼 아름다웠습니다. 지난 서른 해 가까이 동안 늘 그랬습니다. 사람의 마음을 감동시키는 글을 생산하는 친구들이 있어 그랬고 그것이 진주가을문예라는 인연으로 맺어졌습니다.

(…중략…)

27년간 진주가을문예를 통해 많은 인연들을 만났습니다. 수상자들이 울면서 소감을 밝히던 모습이 눈에 선합니다. 수상자들이 가족처럼 우애 있게 지내는 걸 보고 또 다른 가슴 뿌듯함을 느꼈습니다.

전국 내로라하는 문인들이 진주가을문예에 보내는 애정도 컸다고 여겨집니다. 그런데 진주가을문예가 올해까지, 27회째 운영하고서 막을 내리게 되어 저 또한 안타까움을 느낍니다. 그동안 모든 인연을 소중히 여기며 또 다른 문학공간에서 만남이 이어지길 기원합니다.

2021년 늦가을에. 남성문화재단 이사장 김장하

그는 인사말을 읽는 중간에 잠시 목이 메는 듯했습니다.

시상식을 마친 후 인근 식당에서 저녁을 곁들여 수상자들을 위한 축배를 들었습니다.

마지막 진주가을문예 시상식

저녁식사를 마치고 하정우 씨가 선생을 댁까지 모셔다 드리기로 했습니다. 하정우 씨는 선생과 함께 자동차를 주차해놓은 곳까지 걸어가면서 9일로 예정된 경상국립대 재산 전달식 이야기를 주고받았습니다. 선생이 혼잣말처럼 말했습니다.

"버렸으면 미련없이 버려야지. 줬으면 그만이지. 감사패 그거 뭐 하려고…."

그로부터 며칠이 지난 9일 오후 5시 경상국립대 행사장. 원래 선생은 원치 않았던 자리였습니다. 하지만 받는 쪽에서 간곡하게 부탁하는 바람에 마지못해 참석한 자리였습니다. 그래서일까요? 행사 내내 선생에 대한 칭송과 감사의 말이 이어졌지만, 표정은 계속 불편해 보였습니다. 그럼에도 예정된 인사말은 A4 용지 1.2매가량을 꼼꼼히 써오셨습니다. 그 마지막 대목은 이랬습니다.

재단 설립 20년여 년이 지난 오늘 제대로 이루어 놓은 것은 없고 뒤떨어진 지역문화를 발전시키기에는 역부족이었습니다. 이에 남성문화재단을 해산하고 남은 재산을 경상국립

재산 전달식 인사를 하고 있는 김장하

대학교에 기부하기로 했습니다. 무거운 짐을 대신 짊어지게
해서 죄송합니다.

그는 이처럼 재산을 내놓으면서도 "무거운 짐을 대신
짊어지게 해서 죄송하다"라고 말했습니다. 대학은 예정대
로 감사패를 전달했고 명예의 전당에 새긴 명패 제막식까
지 한 후 행사를 마쳤습니다.

김장하 선생은 20년 전인 2001년에도 경상국립대 남

명예의 전당 명패 제막식

명학관건립추진위원회 위원장을 맡아 학교 안에 '남명학
관'이라는 건물을 한 채 지어 기부한 적이 있습니다. 그때
도 12억 원이라는 큰돈을 건립기금으로 내놓았고, 남명
학연구소 후원회장을 하기도 했습니다. 후원회장직을 마
치면서 또 1억 원의 후원금을 내놓았다고 합니다.

　'남명'은 조선시대의 유학자 조식 선생의 호입니다. 그
래서 대개 '남명 조식 선생' 또는 '남명 선생'이라고 불립
니다. 남명 선생은 김장하 선생의 삶에도 커다란 영향을
주었습니다.

5부

김장하의 생각

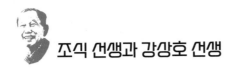

조식 선생과 강상호 선생

남명 선생은 어떤 분일까요? 그는 경남 합천군 출신으로 퇴계 이황 선생과 함께 조선시대 대표적 유학자입니다. 그에 대한 위키백과의 설명 일부를 옮기면 다음과 같습니다.

어려서부터 학문 연구에 열중하여 천문, 역학, 지리, 그림, 의약, 군사 등에 두루 재주가 뛰어났다. 명종과 선조에게 중앙과 지방의 여러 관직을 제안받았으나 대부분을 거절하였으며 한 번도 벼슬에 나가지 않고 제자를 기르는 데 힘썼다.

조선 중기의 큰 학자로 성장하여 이황과 더불어 당시의 경상 좌·우도 오늘날의 경상 남·북도 사림을 각각 영도하는 인물이 되었다. 유일(遺逸, 등용되지 않아 세상에 드러나지 않은 사람)로서 여러 차례 관직이 내려졌으나 한 번도 취임하지 않았고, 현실과 실천을 중시하며 비판정신이 투철한 학풍을 수립하였다.

명종 즉위 후 외척(어머니 쪽의 친척)이 어린 왕을 등에 업고 전횡하려 한다고 비판하였다. 이후 명종이 여러 번 그를 불렀으나 그때마다 사직상소를 올리고 관직에 나가지 않았다.

1555년 명종이 그를 단성현감으로 임명하려 했을 때, 사직의 변으로 올린 상소문이 유명합니다. '단성소' 또는 '을묘사직소'라 불리는 이 상소문은 당시 정치와 사회문제를 날카롭게 비판하면서 왕과 왕의 어머니까지 직설적으로 꾸짖어 큰 파문을 낳았습니다. 그 일부 내용은 다음과 같습니다.

전하의 정사가 이미 잘못되고 나라의 근본은 이미 망해버렸습니다. 하늘의 뜻은 이미 가버렸고 인심도 떠났습니다. 마치 큰 나무가 백 년 동안이나 벌레가 속을 파먹고 진액도 다

말라버렸는데 회오리바람과 사나운 비가 언제 닥쳐올지 까마득히 알지 못하는 것과 같으니, 이 지경까지 이른 지는 이미 오래되었습니다. (…중략…) 자전(紫殿, 명종의 어머니인 문정왕후를 뜻함)께서 생각이 깊으시다고 해도 깊숙한 궁중의 한 과부일 뿐이고, 전하께서는 나이 어려 선왕의 고아일 뿐입니다. 천 가지, 백 가지나 되는 천재(天災), 억만 갈래의 인심을 대체 무엇으로 감당하고 무엇으로 수습하시렵니까?

왕조시대에 왕을 고아로, 왕의 어머니를 일개 과부로 표현한 상소를 올린다는 것은 그야말로 목숨을 건 행위였습니다.

그때 조정에서는 "군주에게 불경을 범했다"라며 그에게 벌을 주어야 한다고 했지만, 대부분의 대신이나 사관들은 "초야에 묻힌 선비라 표현이 적절하지 못해서 그렇지, 우국충정만은 높이 살 만한 것"이라는 논리로 적극 변호하여 왕도 그를 벌하지 못했다고 합니다. 아마도 왕은 민심을 대변한 그를 처벌할 경우 여론이 더 악화될 것을 우려해 차마 처벌하지 못하지 않았나 싶습니다.

조식은 이론보다 실천을 강조한 학자였습니다. 남명의

학문은 '경의사상'으로 압축됩니다. 경의란, 내면의 수양을 뜻하는 경(敬)과 적극적인 실천을 의미하는 의(義)를 말하는 것입니다.

김장하 선생도 2004년 진주민족예술인총연합에서 '진주정신'을 주제로 강연한 적이 있는데, 남명의 경의사상을 이렇게 설명했습니다.

"경이라는 것은 학문을 공부하여 자기 내면의 인격을 수양하는 것, 의는 배우고 익힌 바를 행하는 것을 말합니다. 결국 학행일치, 선비가 배운 대로 행하지 않으면 그건 학문이 아니라고 했습니다. 요즘 우리 사회가 흐트러진 가장 큰 이유는 배울 만큼 배운 사람들이 배운 대로 행하지 않기 때문입니다. 차라리 몰라서 그러면 괜찮은데, 배울 만큼 배운 사람들이 오히려 질서도 잘 안 지키고 법도 안 지킵니다. 말로는 애국을 외치지만 정작 작은 하나를 행동으로 옮기는 사람은 드문 게 현실입니다. 결국 작은 것 하나라도 행동으로 옮길 수 있을 때 우리 사회는 달라지리라 봅니다."

김장하 선생은 진주정신을 '주체' '호의' '평등' 세 가지로 꼽았는데, 그중 '호의 정신'의 뿌리를 남명 조식의 사상에서 찾았습니다. 호의란 좋을 호(好), 옳을 의(義), 두 글자를 합친 말입니다. 선생은 이를 "불의와 타협하지 않고 올바른 길을 가려는 마음"으로 정의했습니다. 일찍이 선생의 할아버지가 늘 강조했다는 "사람은 마땅히 올바른 것에 마음을 두어야지 재물에 얽매여서는 안 된다"라는 가르침과 맞닿아 있습니다.

김장하 선생은 또 「진주정신에 관한 소고(小考)」라는 논문을 쓴 적이 있는데, 여기서도 남명의 정신을 이렇게 설명하고 있습니다.

그의 사상은 노장적(老莊的) 요소도 다분히 엿보이지만 기본적으로는 수기치인(修己治人)의 성리학적 토대 위에서 실천궁행을 강조했으며, 실천적 의미를 더욱 부여하기 위해 경(敬)과 아울러 의(義)를 강조하였다. 즉 경의협지(敬義夾持)를 표방하여 경으로써 마음을 곧게 하고 의로써 외부 사물을 처리해 나간다는 생활철학을 견지하였다. 이러한 신념을 바탕으로 그는 일상생활에서 철저한 절제로 일관하여 불의와 타협하지 않았으며, 당시의 사회현실과 정치적 모순에 대해서는 적극적인 비판의 자세를 견지하였다.

그는 출사(出仕)를 거부하고 평생을 처사로 지냈지만 결코 현실을 외면한 것은 아니었다. 그가 남겨놓은 기록 곳곳에서 당시 폐정(弊政)에 시달리는 백성에 대한 안타까움을 나타내고 있으며, 현실정치의 폐단에 대해서도 비판과 함께 대응책을 제시하는 등 민생의 곤궁과 폐정개혁에 대해서도 적극적인 참여 의지를 보여주고 있다. 그의 사상은 제자들에게도 그대로 이어져 경상우도의 특징적인 학풍을 이루었다. 이들은 지리산을 중심으로 진주, 합천 등지에 모여 살면서 유학을 진흥시키고, 임진왜란 때는 의병활동에 적극 참여하는 등 국가의 위기 앞에 투철한 선비정신을 보여주었다.

김장하 선생도 논문에서 거론했듯이 실천을 강조하는 남명의 학문은 임진왜란이 일어나자 곽재우와 정인홍 등 많은 제자들이 의병을 일으켜 나라를 구하는 데 앞장선 것으로 드러나게 됩니다.

김장하 선생이 썼던 유일한 논문과 그걸 주제로 한 강연에서 남명의 경의사상을 호의정신의 뿌리로 삼아 강조한 것을 보면 스스로 남명을 자신의 '롤모델'로 생각하고 닮으려고 했던 것이 아닌가 싶습니다.

선생이 마지막으로 꼽은 진주정신은 '평등'이었는데, 그는 '형평운동'과 '진주농민항쟁'에서 그 뿌리를 찾았습니다.

형평운동은 1923년 '저울[衡]처럼 평등[平]한 세상'을 만들자는 기치를 들고 진주에서 시작된 백정의 신분철폐운동이자 인권운동이었는데, 그 중심에 강상호라는 인물이 있었습니다. 앞에서 김장하 선생이 무덤의 묘비를 세워주었다는 바로 그 사람입니다.

백촌 강상호 선생은 백정이 아닌 양반 집안의 아들이었습니다. 게다가 부자였습니다. 호의호식하며 떵떵거리고 살 수 있었지만, 1919년 3.1운동 때 진주에서 독립만세 시위를 주도했고, 이 일로 일제 경찰에 끌려가 옥고를 치르기도 했습니다.

출옥 후에는 백정 인권운동에 앞장서 형평사를 설립하고 거의 모든 재산을 이 운동에 쏟아부었습니다. 당시 백정의 자녀는 학교에 입학도 할 수 없었습니다. 강상호 선생은 백정의 아이 두 명을 자신의 양자로 등록하여 입학시키기도 했습니다.

이처럼 자신의 재산을 털어 차별을 없애고 평등한 사회를 만들기 위해 인생을 바친 사람이 강상호 선생이었습니다. 이 때문에 그는 말년에 빈궁한 삶에 시달리다 돌아갔지만, 그의 장례식에는 전국에서 모여든 백정 출신 인사들이 인산인해를 이루어 마지막 가는 길을 추모했습니다.

그 후 한동안 잊혔던 형평운동을 되살리고 그의 묘역을 찾아 묘비를 세웠던 사람이 바로 김장하 선생이었던 것입니다.

남명 조식과 백촌 강상호 선생

이로 보아 김장하 선생은 남명 조식 선생의 경의사상과 더불어 강상호 선생의 평등정신에도 깊은 영향을 받았음이 틀림없는 것 같습니다.

공자와 맹자

　김장하 선생의 삶과 철학에 영향을 준 인물은 또 있습니다. 공자와 맹자입니다.

　김장하 선생이 가장 좋아하는 말은 공자와 그 제자들의 어록을 묶은 유교 경전 『논어』(論語)에 나오는 말이었습니다.

　인부지이불온(人不知而不慍)이면 불역군자호(不亦君子乎), 즉 남이 알아주지 않아도 서운해하지 않는다면 이 역시 군자가 아니겠는가.

　이는 자신이 하는 일에 대해 남이 알아주길 바라지 않

는다는 뜻으로 선생이 지금까지 살아온 모습과 일치하는
대목입니다.

김장하 선생은 자신의 선행을 누군가에게 인정받길 원
하지 않았고, 알려지기를 바라지도 않았습니다. 사람은
누구나 자신이 착한 일, 좋은 일을 하게 되면 자랑하고 싶
고 칭찬받기를 원합니다. 그걸 '인정욕구'라고 합니다. 그
런데 김장하 선생은 어떻게 그런 인정욕구를 버리고 살아
올 수 있었을까요?

궁금증을 풀기 위해 여러 자료를 찾던 중 2009년 9월
25일 형평운동기념사업회 이사회에서 김장하 이사가 했
던 이야기 녹취록을 발견하게 되었습니다. 간사였던 남여
경 씨가 녹취를 풀어 글로 옮겨놓았는데, 여기에 김장하
선생의 나눔 철학이 고스란히 담겨있는 것 같아 전문을
옮깁니다. 옛날이야기처럼 재미도 있으니 함께 읽어볼까
요?

진정한 나눔은 반대급부를 바라지 않는다

반갑습니다. 이사회가 좀 딱딱하다 해서, 이야기가 있는 좀 재미있는 모임을 해보자 해서 이렇게 제가 시작하게 된 것 같습니다.

오늘 주제는 '보시'로 하겠습니다. 보시(布施)라 하면 베풀 보(布) 베풀 시(施)로, 우리말로 하면 '베풂'입니다. 그런데 베풂이나 보시나 같은 말인가 하고 검색해 봤는데 뉘앙스가 좀 다르더라고요. 지난번 홍세화 씨가 강연을 왔을 때, '분배와 나눔'이란 이야기를 했었거든요.

분배가 나눔이고 나눔이 분배인데 왜 뉘앙스가 다르냐? 분배는 약간 강제성을 띤 것으로 받아들이게 되고 나눔은 그

저 나눔이더라~ 그런 말씀을 생각하면서, 오늘 보시와 베풂에 대해서는, 보시는 불교에서 많이 써왔습니다.

우리가 기복신앙에 젖어들면서, 보시라는 말을 쓰면서 항상 뭔가 복을 받아야 할 것 같은 반대급부적인 어떤 어원이 담겨있는 것 같은 이런 생각이 들고, 베풂이라면 그냥 베푸는 것이 아닌가 그런 생각이 드는데, 불가에서 보시란 말을 쓸 때도 절대로 반대급부나 어떤 복을 주는 이런 말은 안 했을 걸로 확신하고 있습니다. 그러나 우리가 생활 속에서 그런 뉘앙스를 받고 있다는 말씀을 드리면서, 보시나 베풂이나 같은 말이 아니겠는가 새삼 이렇게 생각을 해봅니다.

보시에 대해서는 오늘 여기 나오신 우리 형평 이사님들이나 인식개선팀의 여러 선생님들, 사실상 자기 시간과 금전 소비를 하면서까지 엄청난 많은 봉사활동을 하고 계십니다. 새삼스레 이 보시에 대해서 어떻게 중요한가에 대해서는 저는 말씀드리지 않겠습니다.

그럼, 보시를 하면 어떤 결과가 오며 삶에 어떤 영향을 미치고 또 어떤 보시를 해야 하는가에 대해서 우리 주위에 널려 있는 이야기를 짜깁기해서 오늘 이야기 삼아 말씀드리도록 하겠습니다.

첫 번째는 보시를 하면서 운명이, 사주팔자가 바뀌는 이야기를 하나 하겠습니다. 채 정승의 이야기가 있는데, 호는 번암(樊巖)으로 정조 때 영의정을 지낸 그 채제공인지 정확히는 모르겠으나 아무튼 채 정승의 이야기입니다.

이 분이 어릴 때 조실부모를 해서 외삼촌댁에 기거를 할 때인데, 부모가 없이 자랐기 때문에 성격이 포악하고 남을 저주하고 사촌형제 간에도 싸움을 하고 이웃동네에도 말썽을 많이 일으켰지요. 하루는 사랑에 손님이 들었는데 술상을 들고 사랑방에 들어갔습니다. 마침 스님이 한 분 와 계셨는데 외삼촌하고 대작을 하면서 스님이 그 아이를 너무 유심히 바라봅니다. 그러더니 "얘가 누구냐?"고 묻습니다.

"생질이올시다."

술상을 갖다 놓고 얘가 나오려다가 제 얘기를 할 것 같아서 문 앞에서 듣고 있습니다.

"그 애가 상이 참 안 좋은데요."

"어떻게 안 좋습니까?"

"거지상입니다. 천상 애를 내보내야 할 것 같은데요."

"그렇지만 의지할 데 없는 애를 어떻게 내보냅니까?"

"이 애를 데리고 있으면 이 집도 같이 망할걸요? 아마 이 애가 들어온 이후로 가세가 많이 기울었지요?"

"사실 그렇긴 합니다만, 차마 인정상 내보내지 못하겠습니다."

그 이야기를 들은 아이가 그날 저녁 고민을 합니다.

'내 상이 거지상이라니……' 도저히 이해도 안 될뿐더러 가만히 생각해보니 '내가 부모 없이 자라며 이 집에 와서 얻어먹는 것만 해도 거지생활이다. 어떻게 해야 될 것인가? 떠나야 할 것인가?' 마음이 자꾸 바뀌지요. 이때까지 돌보아준 외삼촌에 대한 고마운 마음도 이제 새삼스레 듭니다.

그러면서 마지막에는 떠나야겠다는 결심을 합니다. '어차피 거지생활을 할 것 같으면 굳이 이 집에 폐를 끼치면서까지 거지생활을 할 필요는 없지 않겠느냐?' 이런 생각을 하면서 그 집을 몰래 떠납니다.

떠나서 마을을 다니며 얻어먹고 있으니까 마침 숯 굽는 할아버지가 '갈 곳이 없느냐?' 합니다. 없다고 하니까 얻어먹을 것이 아니고 숯 굴에 와서 일을 거들어 주면서 같이 있게 되지요.

숯을 구워 팔기 위해서 시장에 갔는데, 시장에서 마침 진짜 거지를 만나게 된 거예요. 애 젖을 빨리는 아주머니인데 얼마나 굶었던지 젖이 안 나와 애는 울고 있고, 아무도 거들떠보지를 않아요. 국밥을 사다가 먹이면서 숯 판 돈을 그 아주머니한테 다 줘버리고 빈손으로 숯 굴로 돌아갔습니다.

할아버지가 '숯 판 돈은 어쨌느냐?' 해서 시장에서 있었던 일을 이야기합니다. 그랬더니 그 할아버지가 '일한 삯에서 제하겠지만, 그 일은 참 잘했다'고 합니다.
그날 저녁에 그 애가 누워 자면서 환희를 맛본 겁니다. 인생을 살아오면서 가장 바람직스런 일을 했다는 생각을 하게 되고, 여태까지 살아오면서 이런 환희를 느껴본 적이 없었습니다.

'이런 일을 하면 굉장한 희열이 오는구나…' 하는 걸 새삼스레 느끼면서 그 이후로 이 애는 계속, 숯을 팔면 어려운 이들을 돌보는 일을 몇 년을 계속합니다. 숯 굽는 할아버지가 세상을 버리고 나서 이제 그 숯 굽는 굴을 인수하게 되지요.

많은 양을 시내에 갖다 팔고 이익이 남는 것은 어려운 사람들을 위한 봉사활동을 얼마나 많이 했던지 그 고을에서는 '채 도령'이라고 이름을 내게 됩니다. 채 도령을 만나면 모든 어려움이 해결될 것이다~.

이런 봉사를 하면서 그 애의 마음이 계속 바뀌는 겁니다. 내가 평생 거지인데 이런 일을 하면서 내 마음이 왜 이렇게 기뻐지는가? 남을 저주했던 마음도 사랑하는 마음으로 바뀌고 이웃을 돌봐주려는 진심이 자꾸 생기는 가운데 근 10년의 세월이 지난 뒤에 이제는 마음이 상당한 깨달음도 얻게 되었고, 외삼촌이 보고 싶기도 했습니다.

그래서 외삼촌 댁을 방문했습니다. 마침 그 스님이 또 와 계셨어요.

"아니? 이 사람이 왜 이리 상이 바뀌었어?"

상이 바뀌어 있었던 거예요.
'틀림없이 죽음에 이른 사람을 수없이 구해준 모양이구나~. 궁상이 없어지고 오히려 부해지는 상으로 바뀌어 있구나~.'

"자, 이 애를 이제 글을 가르쳐보십시오."

그래서 외삼촌이 선생을 들여다가 글을 가르쳐보니 총명했던지 과거에 급제를 하고 정승도 지내면서 세상을 잘 다스렸다는 이야기입니다.
 이것은 결국 보시를 하고 베풂을 함으로써 인생의 운이 바뀐다는 것을 제가 말씀드리는 것입니다.

두 번째 이야기는, 인도에 썬다싱(Sadhu Sundarsingh)이라는 성자가 있었습니다. 토착종교를 믿다가 후에 기독교로 개종한 분입니다. 이분이 기독교로 개종한 뒤 포교를 열심히 했습니다. 티벳에도 여러 차례 포교활동을 다녔는데, 엄청난 추위가 있던 어느 날에도 티벳에 포교활동을 다녀오는 중에 추위에 쓰러져 있는 한 사람을 발견합니다.

일행을 붙들고 '이 사람을 구해 돌아가지~' 합니다. 그러자, '이 추운 폭풍우 속에서 이 사람을 데리고 가다간 같이 다 죽겠으니 그냥 두고 갑시다~' '그렇지만 죽어가는 사람을 어떻게 두고 가겠느냐? 꼭 구해서 같이 가세~' '꼭 구하려면 혼자 구해 오십시오. 나는 먼저 가겠습니다.' 그러면서 혼자 그 사람이 떠나버렸습니다.

썬다싱은 그 눈보라 속에서 죽을 고생을 하며 마을 어귀에 다다라 보니까 먼저 갔던 사람은 그 추위 속에서 얼어 죽어버렸고, 자기는 업고 오며 서로 체온을 유지하면서 둘 다 결국 살게 된 거예요.
이건 아주 유명한 이야기인데, 남을 구하려 하면 결국 자기 자신도 구하게 된다는 겁니다.

그 다음 하나는 또 스님 이야기입니다.
스님이 눈보라가 치는 어느 추운 겨울날, 고갯마루를 넘어서 이웃 마을로 가고 있습니다. 저쪽 고개에서 넘어오는 거지 하나를 만납니다. 곧장 얼어 죽을 듯한 그런 모습입니다. '저대로 두면 얼어 죽겠는데~.' 그래서 가던 발길을 멈추고 자기의 외투를 벗어줍니다. 자기 외투를 벗어주면 자기가 힘들 것이나 지금 안 벗어주면 저 사람이 금방 얼어 죽을 것만 같습니다. 엄청난 고민 끝에 외투를 벗어준 것인데 그 걸인은 당연한 듯이 받고는 그냥 가려는 겁니다.

그래서 이 스님이 기분이 나빠진 거예요. 나는 엄청난 고민을 하고 벗어준 것인데 저 사람은 고맙다는 인사 한마디 없구나 싶은 것이죠. 그래서 "여보시오. 고맙다는 인사 한마디는 해야 할 것 아니오?" 했더니 그 걸인이 하는 말이, "줬으면 그만이지. 뭘 칭찬을 되돌려받겠다는 것이오?"

그래서 그 스님이 무릎을 칩니다.

"아, 내가 아직 공부가 모자라는구나. 그렇지, 줬으면 그만인데 무슨 인사를 받으려 했는가. 오히려 내가 공덕을 쌓을 기회를 저 사람이 준 것이니 내가 저 사람한테 고맙다고 인사를 했어야지, 왜 내가 저 사람한테서 인사를 받으려 한 것이냐."

탄식을 하면서 그 고개를 넘어왔다는 이야기입니다.

이 이야기는 우리가 봉사를 할 때, 어떤 마음으로 봉사를 할 것인가를 느끼게 해 줍니다. 요새 만 원어치 봉사를 하면서 고아원 앞에서 사진을 찍고 백만 원어치 피알(PR)을 한다든지, 그 봉사의 가치를 되받으려 한다든지, 반대급부를 바라고 봉사를 한다든지, 이런 봉사의 개념에서는 정말 맞지 않는 이 스님의 이야기를 우리는 떠올려 봐야 하지 않나 생각합니다.

보시를 하는데 엄청난 재산이 필요하고 돈이 많이 필요한가? 꼭 돈이 많아야 봉사를 하고 보시를 해야 보시의 가치가 있는 것인가? 그러면 돈이 없는 사람은 보시할 자격이 없는 것인가?
이런 문제를 이야기하는 중에, 무재칠시(無財七施)라는 말이 있습니다. 재산이 아무것도 없어도 일곱 가지나 봉사할 수 있는 기회가 있다는 것이죠.

그게 뭐냐면, 첫째가 화안시(和顏施)라는 겁니다. 얼굴빛을 환하게 해서 상대를 대할 때 이것도 큰 봉사라는 것이죠.

둘째는 자안시(慈眼施), 눈빛을 편하고 부드럽게 해서 상대를 바라보는 것도 큰 봉사라는 겁니다. 이건 재산이 없어도 되거든요.

그다음에 언사시(言辭施), 말씨를 부드럽게 해서 상대방의 마음을 편안하게 해주는 것이 크나큰 봉사입니다.

그다음에 심려시(心慮施)라고 하죠. 마음 씀씀이입니다. 서로가 마음과 마음을 위로해주는 그런 마음가짐이 필요합니다.

그다음에 사신시(捨身施)라고 하지요. 결국 몸으로 때우는 겁니다. 할머니가 무거운 짐을 들고 가는 걸 보면 좀 들어주고, 얼마든지 몸으로 때울 일이 있습니다.

그리고 하나는 상좌시(床坐施), 자리를 양보하는 일입니다. 자리 양보하는 일은 큰돈 안 들여도 우리가 할 수 있는 일이거든요.

마지막으로 방사시(房舍施)입니다. 요즘 와서는 그런 일이 좀 적겠습니다만, 그래도 방을 빌려줄 일이 있을 것입니다. 옛날에 나그네가 많이 다닐 때, 나그네가 집 떠나서 어느 헛간에라도 좀 재워달라 할 때 방에 재워주는 것, 이것은 정말로 엄청난 보시가 되는 것입니다.

이래서 이 일곱 가지를 무재칠시라 그럽니다. 재산이 없어도 할 수 있는 일곱 가지 보시입니다. 어찌 보면 아주 쉬운 일입니다. 쉬우면서도 실천해보려 하면 참 어려운 일이 이 무재칠시입니다. 돈이 없어도 할 수 있으면서도 막상 해보려 하면 가장 어려운 일이 이 무재칠시입니다.

그래서 오늘 제가 말씀드리고 싶은 것은, 이 보시와 베풂이 큰돈에서 비롯되는 것이 아니고 만 원 내는 사람이나 일억 원 내는 사람이나 그 내는 마음은 똑같다는 얘기입니다. 이래서 재산이 없이도 봉사할 수 있고, 있으면 더 좋고, 그래서 숨 막힐 듯 아귀다툼하는 이 사회에서 우리가 보시를 통해 신선한 공기주머니를 터뜨리는 것과 가뭄 후에 오는 소나기의 시원함을 느낄 수 있는 그런 기회가 되기를 바라는 마음으로 오늘 이 말씀을 마치겠습니다.

김장하 선생의 말을 그대로 옮긴 글인데 어떤가요? 재미있지 않나요? 이 이야기 중 핵심은 이것이 아닌가 합니다.

"요새 만 원어치 봉사를 하면서 고아원 앞에서 사진을 찍고 백만 원어치 피알(PR · 홍보)을 한다든지, 그 봉사의 가치를 되받으려 한다든지, 반대급부를 바라고 봉사를 한다든지, 이런 봉사의 개념에서는 정말 맞지 않는 이 스님의 이야기를 우리는 떠올려 봐야 하지 않나 생각합니다."

실제 김장하의 삶과 나눔은 이런 홍보나 반대급부 또는 보답을 철저히 배격하며 이뤄져 왔습니다. 대가 없는 나눔, 간섭 없는 지원, 바라는 것도 없고 기대할 것도 없는 보시 이런 걸 실천해온 사람이 김장하였으니까요. 그야말로 "줬으면 그만이지"의 철학이라고 하겠습니다.

그리고 마지막 부분 '무재칠시', 즉 재산이 없어도 할 수 있는 일곱 가지 보시도 우리가 깊이 새겨야 할 이야기입니다. 누구나 김장하 선생처럼 많은 돈을 벌어 사회에 환원할 수는 없을 테니 말입니다.

미움받을 용기

또한 저는 이 글을 읽으면서 기시미 이치로와 고가 후미타케가 쓴 『미움받을 용기』와 에리히 프롬의 『사랑의 기술』을 떠올렸습니다. 『미움받을 용기』는 알프레드 아들러 심리학을 다룬 책인데, 사랑과 행복에 대한 관점이 에리히 프롬과 거의 똑같다는 생각을 했습니다. 단순히 말하자면 '내가 산이 참 좋다라고 했을 때 산이 나에게 뭘 해주기를 바라지 않듯, 또한 내가 꽃이 참 예쁘다라고 했을 때 꽃이 나에게 뭘 해주기를 바라지 않듯, 사람도 그 상대방 자체를 인정하고 대가를 바라지 않으면 아무런 갈등도, 괴로워할 일도 없다'라는 것입니다.

아들러는 『미움받을 용기』에서 '인정욕구를 버리고 과제를 분리하라'라고 이야기합니다.

"타인에게 인정받는 삶을 택할 것인가, 아니면 인정받지 않아도 되는 자유로운 삶을 택할 것인가. 다른 사람의 시선을 신경 쓰고 다른 사람의 안색을 살피면서 사는 인생, 다른 사람의 소망을 이룰 수 있게 거들면서 사는 인생. 자네 말대로 이정표가 될지도 몰라. 하지만 너무 부자유스러운 삶 아닌가? 그러면 왜 그런 부자유스러운 삶을 택하는 것일까? 자네는 자꾸 인정욕구라고 하는데, 정확하게는 누구에게도 미움을 받고 싶지 않아서 그러는 걸세."

아들러는 '타인의 기대를 만족시키기 위해 살지 말고 미움받을 용기'를 가지라고 합니다. 그러면서 타인 역시 '나의 기대를 만족시키기 위해 사는 것이 아니라는 것'을 인정하고, 상대가 내가 원하는 대로 행동하지 않더라도 화를 내서는 안 된다고 말합니다. 즉 상대를 내 마음에 들도록 바꾸려고 하지 말아야 한다는 겁니다. 바로 그것이 나의 과제와 타인의 과제를 분리하는 것이라고 말합니다.
　　김장하 선생이 그랬습니다. 학생에게 장학금을 주면서

도 "공부 열심히 해라"라는 말조차 하지 않았듯이, 자신의 과제는 어려운 학생을 돕는 일이고, 공부를 열심히 하든 말든 그것은 학생의 과제라는 것이죠.

마찬가지로 명신고등학교를 설립해 이사장으로 있는 동안에도 교사들에게 "이런 교육을 해야 합니다" "이런 교사가 되어야 합니다"라는 말을 하지 않았던 것도 그것은 자신의 과제가 아닌 교사들의 과제라고 생각했기 때문입니다.

 술과 보약

비슷한 맥락에서 '술' 이야기가 있습니다. 김장하 선생은 술을 입에도 대지 않습니다. 하지만 술을 좋아해 많이 마시는 사람에게 "왜 술을 그렇게 많이 마시느냐" "술은 몸에 해롭다"라는 말을 하지 않았습니다.

이런 일도 있었습니다. 명신고등학교 교사 중 특히 술을 많이 마시는 분이 있었다고 합니다. 김장하 선생은 술을 입에도 대지 않지만, 술 마시는 사람을 싫어하거나 멀리하지 않았습니다. 어느 날 그 교사와 저녁식사를 하는 자리였습니다. 교사는 밥과 함께 술을 마셨습니다.

김장하 이사장이 물었습니다.

"요즘도 술을 많이 하시나요?"

"네. 그런데 요새는 자주 취하네요."

"그러면 내일 약을 한 제씩 지어놓을 테니, 3학년 담임 교사들은 내일 회식이 끝나면 우리 약방에 와서 하나씩 가져가십시오."

모의고사가 있었던 다음 날, 늘 그랬듯이 이사장이 열 어준 회식이 있었고, 회식자리가 파한 후에 아무 영문도 모르던 교사들도 이사장 약방에서 보약 한 제씩을 받아서 귀가했습니다.

김장하 선생에게 술을 마시고 안 마시고는 교사의 과제 이고, 자신의 과제는 그런 교사의 건강을 챙기기 위해 보 약을 지어주는 일이었던 겁니다.

김장하 선생의 집안 내력 중 하나는 모두 술을 잘 마신 다는 것입니다. 할아버지도 그랬고 아버지도 그랬습니다. 형님들은 물론 동생들 모두 술을 좋아했죠. 하지만 유독 김장하 선생만 술을 입에도 대지 않습니다. 물론 담배도 피우지 않습니다.

체질적으로 술을 못 마시는 건 아니라는 거죠. 그가 술을 마시지 않는 건 환자를 대하는 자세와 관련이 있습니다.

  – 선생님 요즘도 약주 안 하십니까?

"안 먹어요."

  – 체질적으로 못 드시는 겁니까?

"아니, 체질은 아닌데…."

  – 혹시 형제분들은 드시나요?

"위에 형님들은 다 잘 드셨지."

  – 그러면 일종의 신념입니까?

"신념은 아니고…. 내가 한약방을 하잖아. 한약 짓는 사람이 술 먹는 걸 알게 되면 그 사람의 약에 대해 신뢰를 할 수 있을까?"

보통 사람이라면 '술을 절제해야지' 그런 생각을 하면서도 평생 그렇게 딱 정확하게 지키기가 쉽지 않습니다. 사회생활을 하다 보면 술을 거절하기 어려운 상황도 생깁니다. 김장하 선생은 그럴 때 어떻게 했을까요?

그가 지방검찰청 청소년선도위원으로 활동할 때였습니다. 지청장과 검사 7~8명이 민간인으로 구성된 선도위원들과 저녁식사를 하는 자리였습니다.

"내가 진주지청 청소년선도위원 할 때 거기 위원장이 지청장이었어. 지청장 산하에 선도위원회를 만들어 있었거든. 하루는 청소년선도위원들이 저녁을 한 그릇 사기로 한 거라. 검사들이 7~8명 되는데 다 나오고, 지청장도 나오고…. 추사루라는 식당에서 했는데, 선도위원회에 있는 사람들이 진주에서 다 유명한 사람들이거든."

지청장이 일어서더니 "제가 술을 한 잔 권하겠습니다"라고 하더니 이른바 폭탄주를 돌리기 시작했습니다. 지청장이 먼저 '원샷'을 하고 옆자리 위원에게 권했습니다. 그렇게 돌고 돌아 김장하 선생 자리까지 왔습니다. 김장하 선생은 "저는 술을 못 합니다"라며 사양했습니다.

그러나 지청장은 물러나지 않았죠. "뭘 그러냐"라며 다시 술잔을 들이밀었습니다. 김장하 선생은 술을 못 먹는다는 말을 반복했죠.

"이거 뭐 약인데 그러지 말고 한잔하세요."

"못합니다."

몇 번 실랑이가 이어졌습니다.

"꼭 못 먹습니까?"

"꼭 못 먹습니다."

그러자 지청장은 굳은 얼굴로 그 잔을 자신이 마셔버렸

김장하 선생은 술을 입에도 대지 않지만 임기를 마치고 찾아온 문형배 전 헌법재판관에게 수고했다며 술을 따라주고 있다.

다고 합니다. 순간 분위기가 싸늘해졌고, 검사들이 수군 거렸습니다.

"그래서 술판이 깨져버렸지. 그런데 생각해 보니 그때 내가 자리를 피했어야 하는데…."

이처럼 김장하 선생은 한번 결심한 일은 확실히 지키는 사람이었습니다. 그만큼 자기 절제력이 대단했습니다.

인정욕구

인정욕구, 즉 타인의 기대에 맞추려는 사람은 타인도 나에게 맞춰주길 기대합니다. 다시 『미움받을 용기』에 나오는 말입니다.

"이런 사람들에게 타인이란 '나를 위해 뭔가를 해줄 사람'에 불과해. 모든 사람이 나를 위해 행동하는 존재이며 내 기분을 최우선으로 고려해야 한다고 생각한다네. 따라서 다른 사람을 만날 때도 '이 사람은 내게 무엇을 해줄까?' 그것만을 생각하지. 그런데 그 기대가 번번이 깨질 거야. 타인은 나의 기대를 채워주기 위해 사는 것이 아니기 때문이지."

그래서 기대가 채워지지 않을 때 크게 실망하고 분노를 느끼기도 합니다. 김장하 선생이 그토록 많은 사람에게 나눔과 보시를 하면서도 그들에게 아무것도 기대하거나 바라지 않았던 것은 그의 과제와 나의 과제를 철저히 분리했기 때문이 아닌가 합니다.

이는 "남이 알아주지 않아도 서운해하지 않는다면 이 역시 군자가 아니겠는가"라는 공자님 말씀과 "인정욕구를 버리고 과제를 분리하라"라는 아들러의 교훈을 실천한 것입니다.

김장하 선생이 『논어』는 당연히 읽었지만, 『미움받을 용기』도 읽었을까요? 그래서 물어봤습니다. 선생의 대답은 이랬습니다.

"읽었어요. 거기 보면 칭찬하지도 말고 나무라지도 말고 그냥 가만히 봐주기만 하라고 하잖아요. 참 좋은 책이죠."

그렇다면 부모조차 자녀에게 공부하라는 말을 하지 말아야 할까요? 『미움받을 용기』는 "아이가 전혀 공부를 하지 않아도 그것은 아이의 과제니까 방치하라는 겁니까?"
라는 질문에 이렇게 대답합니다.

"여기에는 주의가 필요하네. 아들러 심리학은 방임주의를
권하는 게 아닐세. 방임이란 아이가 무엇을 하는지도 모르
고 알려고도 하지 않는 태도라네. 그게 아니라 아이가 무엇
을 하는지 알고 있는 상태에서 지켜보는 것. 공부에 관해 말
하자면, 그것이 본인의 과제라는 것을 알리고, 만약 본인이
공부하고 싶을 때는 언제든 도울 준비가 되어 있다는 의사
를 전하는 걸세. 단 아이의 과제에는 함부로 침범하지 말아
야 하네. 부탁하지도 않았는데 이래라저래라 잔소리를 해서
는 안 된다는 거지."

김장하 선생의 초등학교 동창으로 오랜 친구인 최관경
전 부산교육대 교수는 김장하의 삶을 이렇게 딱 정리해서
말했습니다.

"무주상보시(無住相布施)."

무슨 뜻일까요? 한국민족문화대백과사전에는 이렇게

나와 있습니다.

집착 없이 베푸는 보시를 의미한다. 보시는 불교의 육바라
밀(六波羅蜜)의 하나로서 남에게 베풀어주는 일을 말한다.
이 무주상보시는『금강경』에 의해서 천명된 것으로서, 원래
의 뜻은 법(法)에 머무르지 않는 보시로 표현되었다.
이 보시는 '내가' '무엇을' '누구에게 베풀었다'라는 자만심
없이 온전한 자비심으로 베풀어주는 것을 뜻한다. '내가 남
을 위하여 베풀었다'라는 생각이 있는 보시는 진정한 보시
라고 볼 수 없다.
내가 베풀었다는 의식은 집착만을 남기게 되고 궁극적으로
깨달음의 상태에까지 이끌 수 있는 보시가 될 수 없는 것이
므로, 허공처럼 맑은 마음으로 보시하는 무주상보시를 강조
하게 된 것이다.
그리고 가난한 이에게는 분수대로 나누어주고, 진리의 말로
써 마음이 빈곤한 자에게 용기와 올바른 길을 제시해주며,
모든 중생이 마음의 평안을 누릴 수 있게끔 하는 것이 참된
보시라고 보았다.

어떤가요? 김장하 선생의 나눔에 대한 철학과 불교의

무주상보시, 그리고 아들러의 사랑과 행복에 대한 정의가 일맥상통하는 것 같지 않나요?

아들러는 인간이 행복감을 느끼는 가장 높은 단계를 '공헌감'이라고 했습니다. 공헌감이란 내가 누군가에게 도움이 되고 있다는 느낌을 말합니다.

그렇다면 공헌감과 인정욕구는 어떻게 다를까요? 다시 『미움받을 용기』에 나오는 말입니다.

"공헌감을 얻기 위한 수단이 '남들로부터 인정받는 것'이라면 결국 남이 의도한 대로 인생을 살 수밖에 없어. 인정욕구를 통해 얻은 공헌감에는 자유가 없지. 우리는 자유를 선택하면서 더불어 행복을 추구하는 존재라네. 만약 진정으로 공헌감을 갖는다면 뭐 하러 남들에게 인정받으려고 하겠나. 일부러 인정받지 않아도 '나는 누군가에게 도움이 된다'고 실감할 수 있는데 말이야."

즉, "타인에게 공헌할 때 설사 아무도 그것을 알아주지 않아도 '나는 누군가에게 도움이 된다'는 주관적인 감각, 그런 '공헌감'이 행복"이라는 말입니다.

김장하 선생에게 살아오면서 언제 가장 행복했는지 물어봤습니다.

"글쎄, 매일 행복하니까."

그에게 '삶의 지침'이 뭔지도 물어봤습니다. 그랬더니 '기소불욕(己所不欲) 물시어인(勿施於人)'이라는 말을 적어주었습니다. '내가 하기 싫은 일은 남에게도 시키지 않는다'는 뜻이었습니다. 역시 공자님 말씀으로 『논어』에 나오는 말입니다. 이 또한 아들러의 '과제 분리'와 통하는 말이죠. 저는 살아가면서 이것 하나만 지켜도 세상에 싸울 일이 없겠다는 생각이 들었습니다.

김장하 선생의 유일한 인터뷰 기사가 실려 있는 명신고등학교 교지 『명신』 창간호에는 학생기자의 질문 중 이런 게 있었습니다.

"이사장님의 인생관 혹은 생활신조를 알고 싶습니다."

그러자 선생은 이렇게 대답합니다.

"맹자(孟子)의 진심장구(盡心章句)에 나오는 군자삼락(君子三樂), 모두 알죠? 그중에서 제2락인 앙불괴어천(仰不愧於天)하고 부부작어인(俯不怍於人)을 나의 생활신조로 삼고 있어요."

풀이하자면 고개를 들어 하늘을 우러러 부끄러움이 없고, 고개를 내려 사람들한테도 부끄러울 게 없는 삶을 뜻합니다. 그러고 보니 선생은 평생 '부끄러움'을 삶의 화두로 삼고 살아온 것 같기도 합니다.

앞에서 시민들이 깜짝 생신 잔치를 열었을 때 얼떨떨해하며 무대에 오른 김장하 선생이 딱 세 마디 인사말을 했는데, 그 말도 '부끄러움'이었죠.

"부끄럽지 않게 살려고 노력을 많이 했지만 아직도 부족한 게 많습니다. 앞으로 남은 세월은 정말 부끄럽지 않게 살도록 노력하겠습니다."

그러면 『맹자』에서 말하는 제1락과 제3락은 뭘까요? 찾아보니 이렇습니다.

1락은 부모구존(父母俱存) 형제무고(兄弟無故), 즉 부모님이 모두 살아계시고 형제들이 무고함이 첫째 즐거움이요.

3락은 득천하영재(得天下英才) 이교육지(而敎育之), 즉 천하의 영재를 얻어 가르쳐 기르는 것이 세 번째 즐거움이다.

이에 대해 서예가인 이곤정 전 형평운동기념사업회 이사장은 "김장하 선생님이야말로 세 가지 모두를 실현한 분"이라며 "할아버지와 부모님을 잘 모신 것은 물론 형제까지 보살폈고, 하늘 땅 모두 부끄럽지 않게 살아왔으며, 수많은 장학생과 학교 설립을 통해 천하의 영재를 얻어 잘 길렀으니 셋 다 실현했다 볼 수 있다"라고 말했습니다.

아마도 3락 중 2락을 생활신조로 삼고 있다고 대답한 것은 자신이 항상 그런 자세로 살기 위해 노력하고 있다는 의미에서 그랬던 것으로 보입니다.

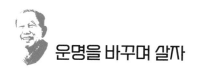

운명을 바꾸며 살자

2008년 10월 15일 오후 2시 경상국립대 남명학관 남명홀에서 '김장하 명예 문학박사 학위수여식'이 열렸습니다. 오래전부터 여러 번 표창이나 명예박사를 전달하려 했으나 완강히 거절하는 바람에 번번이 무산됐고, 개교 60주년을 맞아 다시 한번 설득한 결과 "너무 지나친 거절도 예의가 아니다"라며 받아들여 마련된 자리였습니다.

이 자리에서 선생은 인사말을 통해 이렇게 말했습니다.

"똥은 쌓아두면 구린내가 나지만 흩어버리면 거름이 되어 꽃도 피우고 열매도 맺습니다. 돈도 이와 같아서 주변에 나누어야 사회에 꽃이 핍니다."

인사말의 제목은 '운명을 바꾸며 살자'였습니다. 첫머리는 아래와 같이 시작됩니다.

"식자들이 말하기를 사람은 운명은 타고난다, 혹은 운명은 정해져 있다고 하지만 나는 운명을 바꾸며 살아왔습니다."

그리고 마무리 부분은 이랬습니다.

"결론적으로 얘기하자면 내 운명을 바꾸며 살아온 일이 크게 두 가지가 있는데 그 첫째가 열아홉 살에 한약사 시험을 친 일이고, 두 번째는 재산을 사회에 환원하기로 결심한 일입니다. 지금까지 내가 살아온 이야기를 했는데, 우리는 누구나 인생에서 희로애락을 겪게 됩니다. 하지만 '인생은 역경 속에서 어떻게 대처하고 어떤 결심으로 살아가느냐에 따라 자신의 운명을 바꾸며 살 수 있다'라는 말을 해주고 싶습니다."

그 후 기회를 봐서 선생에게 '운명을 바꾸며 살아온 두 가지' 중 두 번째인 '재산의 사회 환원' 결심이 언제였나

명예박사학위 수여식 때 김장하 선생

하고 물었습니다. 사천 석거리에서 한약방을 개업한 후였
다고 했습니다. 진주로 남성당한약방을 옮겼을 때가 서른
살이었으니 20대 때 이미 그런 결심을 했다는 말입니다.

운명론에 대해서도 물었습니다. 선생에게 가장 큰 영향
을 주었다는 할아버지는 한학과 명리학, 풍수지리를 공부
한 분이었습니다. 명리학은 사주팔자 등 운명을 점치는
학문입니다.

그에게 인생의 지표를 만들어주신 할아버지였지만 선
생은 "운명을 믿지 않는다, 명리학을 믿지 않는다"라고 말

했습니다. 할아버지를 존경하지만, 그 할아버지가 공부했던 명리학이나 풍수지리, 사주팔자는 믿지 않는다는 말이었습니다. 왜 그렇게 생각하게 되었냐고 물으니 어려운 한자 말을 섞어 이렇게 설명해주었습니다.

"사주가 좋다 해도 관상이 좋은 것만 못하고(四柱 不如 觀相), 관상이 좋다 해도 신상이 좋은 것만 못하다(觀相 不如 身相). 신상이 좋다 해도 심상이 좋은 것만 못하다(身相 不如 心相), 즉 만상불여심상(萬相不如心相)이다."

결국 심상(心相), 즉 마음씀씀이가 가장 으뜸이라고 결론지었습니다. 그리고 토정 이지함과 쌍벽을 이루었다는 남사고(南師古)의 이야기를 덧붙였습니다. 남사고? 처음 듣는 인물이었습니다. 집에 와서 검색해 보니 『다음백과』에 이렇게 나와 있었습니다.

조선 중기의 학자·도사.
역학·참위·천문·관상·복서의 비결에 뛰어났다. 본관은 영양. 호는 격암. 명종 말기에 이미 1575년(선조 8년)의 동서 분당과 1592년의 임진왜란을 예언했다는 등 많은 일화가 야사

집과 구전을 통해 전해져 온다. 또한 풍수지리에 많은 일화를 남겨 재난이 일어날 때의 피신처를 구체적으로 예언·지적했다.

김장하 선생이 들려준 남사고 이야기는 이랬습니다.

"남사고가 아버지 무덤을 아홉 차례나 이장했다는 전설이 남아 있는데, 가장 좋은 자리를 택해 아버지의 묘를 썼다. 그런데 써놓고 보면 더 좋은 자리가 문득 눈에 띄곤 해 옮겨 쓰기를 되풀이하였다. 그러다 마지막으로 비룡승천(飛龍昇天, 용이 하늘로 날아가는 모양)의 명당을 얻어 다시 이장하고 산을 내려가는데, 밭을 갈던 한 농부가 이런 노래를 불렀다. '구천십장(九遷十葬, 아홉 번 묘를 옮겨 열 번 장사를 지냄) 남사고야, 비룡승천 좋아 마라. 고사괘수(枯蛇掛樹, 말라죽은 뱀을 나뭇가지에 걸친 모양)가 아닌가?' 남사고는 깜짝 놀라 산세를 다시 살폈다. 죽은 용이 분명했다. 그때 남사고는 아무리 명당도 저마다 임자가 따로 있어 인력으로 바꿀 도리가 없다는 깨우침을 얻었다. 그는 별로 하자가 없어 보이는 평범한 묏자리를 구해 아버지의 유해를 모셨다."

아무리 명당을 얻더라도 조상이 쌓아놓은 덕이 없거나 지은 죄가 많다면 쓸모가 없다는 이야기였습니다. 사주나 관상, 풍수보다 더 중요한 게 심상, 즉 덕을 쌓는 마음씀 씀이라는 말이었습니다.

여기까지 이야기를 들어도 과연 저 말씀이 진심일까? 멋있게 보이려고 저렇게 말씀하시는 건 아닐까? 그동안 사회에 돌려준 것만 해도 줄잡아 수백 억 원인데 정말 조금도 아까운 생각이 없었을까? 그리고 그렇게 수많은 사람을 돕고 살렸는데, 눈곱만큼이라도 보상받겠다는 심리는 없었을까? 보통 사람의 수준으로선 의심하지 않을 도리가 없었습니다.

어떻게 그리 살아올 수 있었냐는 질문에 그는 "내가 어려운 삶을 살아봤기 때문에"라고 답했지만, 어려운 환경 속에서 성공한 사람 중에는 스스로 잘난 맛에 도취해 사는 사람이 더 많습니다. '나만큼 고생해봤어?' 하는 이들도 꽤 많습니다. 그래서 오히려 어려운 사람들을 더 업신여기며 매몰차게 대하기도 합니다. 자신은 그걸 극복했는데 당신들은 뭐냐는 거죠.

그래서 다시 선생에게 이렇게 살게 된 계기가 있었는지 물었습니다.

"계기는 없고. 살다 보니까 그렇게 된 거지."

- 그래도 수많은 유혹이 있었을 텐데, 그 많은 유혹을 어떻게 다 물리치시고 이렇게 사셨나요?

"사람은 담는 그릇이 있거든. 좀 덜어내야 또 채울 수 있지."

- 돈을 쓰는 재미보다 돈을 버는 재미가 훨씬 크다고 하더라고요. 마약과도 같다고 하던데, 그런 재미는 못 느껴보셨나요?

"그런 것 못 느꼈어. 돈에 대해서도 그렇게 애착이 없었고, '재물은 내 돈이다'라는 생각이 안 들고 언젠가 사회로 다시 돌아갈 돈이고 잠시 내게 위탁했을 뿐이다, 그 생각뿐이야. 이왕 사회로 돌아갈 돈인 바에야 보람 있게 돌려줘 보자 그런 거지."

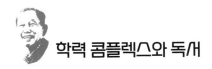

학력 콤플렉스와 독서

김장하 선생에게도 콤플렉스가 하나 있었습니다. '학력 콤플렉스'였습니다. 선생은 가난 때문에 고등학교에 가지 못했습니다. 중졸 학력이 전부입니다.

대개 그런 경우 자신의 짧은 학력을 숨기려 합니다. 짧은 학력에도 불구하고 성공하거나 큰돈을 번 사람 중에는 학력 콤플렉스를 감추기 위해 논문 대필이나 표절 등 부정한 방법으로 석사 · 박사학위를 따기도 합니다.

하지만 김장하 선생은 전혀 자신의 중졸 학력을 숨기려 하지 않았습니다.

선생에게 책을 많이 읽는 이유를 물었습니다. 그는 서

슴없이 이렇게 대답했습니다.

"배운 게 없으니 책이라도 많이 읽어야지."

김장하 선생은 늘 책을 가까이했습니다. 남성당한약방을 운영할 때도 늘 같은 자리에 앉아 손님이 없을 때면 책을 읽었습니다. 선생의 자리 옆엔 책이 수북이 쌓여 있었고, 책상 위엔 읽던 책 두어 권이 항상 놓여 있었습니다.

남성당한약방을 폐업하고 아파트로 이사한 후에도 선생의 서재 책상에는 읽던 책이 펼쳐져 있었습니다. 책장에는 『논어』, 『맹자』, 『대학』, 『중용』, 『서경』, 『시경』, 『주역』 등 중국 고전이 꽂혀 있는 것으로 보아 특히 유교 경전을 깊이 공부한 듯했습니다.

제가 2015년 박노정 시인과 함께 김장하 선생을 만났을 때도 책 이야기가 나왔습니다.

박노정: "내가 40대 때, 한창 책을 많이 볼 때였어요. 신간들이 나오면 서점에 가서 살펴보고 좋다 싶으면 '이사

장님 한번 읽어보십시오' 하고 전해드리곤 했어요. 그러면 꼭 읽어보시고 얼마 후에 그 책 내용을 말씀하세요. 그래서 작은 토론이랄까 그런 이야기가 이어지곤 했어요."

김주완: "선생님. 그동안 읽으신 책은 다 댁에 보관해 두고 계십니까?"

김장하: "뭐 남 줘버리기도 하고. 잘 보관하지 못해."

박노정: "누가 뭐 '이 책 좀 가져가겠습니다' 하면 그건 뭐 당연히 가져가라고, 안 된다는 소리 안 하시죠."

김장하: "안 빌리는 사람 바보, 빌려가서 갚는 사람 바보."(일동 웃음)

김주완: "소설이나 문학 쪽보다는 역사서나 이런 쪽을 많이 보셨나요?"

박노정: "철학, 사상 뭐 그런 쪽을 많이 보셨지."

책을 읽고 있는 김장하 선생

이사한 아파트, 김장하 선생의 서재

 **김장하의 유머**

　여기까지만 보면 김장하 선생이 워낙 성실하고 반듯하게만 살아와서 자칫 재미가 없는 사람으로 보일 수도 있겠는데요. 의외로 유머도 많습니다.

　홍창신 전 이사장이 해준 이야기입니다.

　"김장하 선생님 어록 중에 인상적인 게 하나 있는데, 형평운동 80주년(2003년) 행사에 일본 사람들이 많이 왔어요. 인도에서도 불가촉천민(달리트) 대표가 왔고, 일본의 부락해방연구소에서 사람들이 많이 왔어요. 진주성 안에 있는 박물관 세미나실에서 인사말을 하는데 첫 마디가 뭐

였나 하면요…."

"………?"

"'여러분은 지금 진주성에 무혈입성하셨습니다'였어요."

진주성은 임진왜란 당시 왜군과 치열한 공성전이 벌어졌던 전쟁터였습니다. 일본 사람들 앞에서 던진 뼈 있는 유머였던 것입니다.

좀 썰렁한가요? 선생은 가끔 사람들을 만날 때 미리 유머를 준비해 오기도 했습니다.

사람들과 저녁을 먹던 중 노래방 이야기가 나왔습니다. 이때 김장하 선생이 물었습니다.

"빌 게이츠가 노랠 어떻게 부르는지 알아요?"

"………?"

"마이크로 소프트하게."(모두 웃음)

2022년 남성당한약방 문을 닫고 마침내 김장하 선생이 은퇴하자 그를 좋아하는 40·50대 후배들이 월 1회 선생과 등산모임을 추진했습니다. 이른바 '불백산행'입니다.

폐업을 앞둔 어느 날 "곧 백수가 되시겠네요?" 하는 질문을 받은 선생이 "불백이라고 하데? 불러줘야 나가는 백수라고…" 하며 대답한 데서 따온 이름입니다.

불백산행의 경남 사천시 봉명산 등산을 앞두고 한 여성이 걱정스런 표정으로 말했습니다.

"저도 그날 함께 가기로 했는데, 워낙 허약체질이어서 못 따라 올라가면 어쩌죠?"

그랬더니 김장하 선생 왈, "사부작사부작 꼼지락꼼지락 가면 돼."(모두 웃음)

저도 그 자리에서 함께 듣고 웃었는데, 며칠 뒤 우연히 박노정 시인의 시집 『운주사』를 읽던 중 이 시를 발견했습니다.

사부작 꼼지락
-달팽이에게

사부작거리는 게 네 장점이야

있는 듯 없는 듯 꼼지락꼼지락

거리는 것만으로 아무렴

살아가는 충분한 이유가 되고도 남지

사부작사부작

꼼지락꼼지락

황홀해

눈부셔

알고 보니 이렇게 '출처'가 있는 유머였습니다. 자신이
좋아하는 시인의 시구를 기억하고 있다가 적당한 상황에
서 써먹었던 것입니다.

영화 『어른 김장하』가 나온 뒤 김현지 감독과 함께 식사
하는 자리였습니다. 김장하 선생이 뜬금없이 물었습니다.

"머리 감을 때 어디부터 감아요?"

다들 '어디부터 감지?' 생각하고 있을 때 선생이 말했습

니다.

"눈부터 감아야지."(모두 웃음)

이런저런 이야기를 나누던 중 김현지 감독이 말했습니다.

"요즘 뉴스 보기가 무서워요. '묻지 마 살인'이나 폭행 같은 끔찍한 사건들이 많아서 뉴스만 보면 세상에 온통 나쁜 사람들만 있는 것 같아요."

그러자 선생은 아들·딸이 결혼하여 사돈 관계를 맺은 양쪽 부모가 한쪽의 초대를 받아 식사하던 자리에서 생긴 일을 이야기해주었습니다.

밥을 먹던 중 초대를 받아 간 사돈 중 한 분이 '빠직~' 하는 소리를 내며 돌을 씹었습니다. 초대한 사돈이 당황 하며 말했습니다.

"아이고, 돌이 많죠? 죄송해서 어째요?"

그러자 돌을 씹은 사돈이 정색을 하며 이렇게 말했다고 합니다.

"아닙니다. 쌀이 훨씬 많습니다."(모두 웃음)

그 자리에선 그렇게 웃고 넘겼는데, 나중에 김장하 선생이 왜 그런 이야기를 했을까 하는 생각이 들었습니다. 아마도 '세상에 온통 나쁜 사람만 있는 것 같다'라는 김현지 감독의 말에 선생은 이런 말을 해주고 싶었던 게 아닐까요?

'아니다. 뉴스만 보면 그렇게 보일 수도 있지만, 실제 우리 사회는 돌보다 쌀이 많은 것처럼 좋은 사람이 훨씬 많다. 평범하지만 성실하고 착하게 사는 사람들이 훨씬 많기 때문에 우리 사회가 이만큼 지탱하고 있는 거다.'

이렇게 생각하는 순간, 장학생 김종명 씨에게 선생이 해줬던 말이 떠올랐습니다.

"우리 사회는 평범한 사람들이 지탱하고 있는 거야."

비방과 험담

물론 세상에는 나쁜 사람들도 분명히 있습니다.

김장하 선생과 함께 지리산 뱀사골로 '불백산행'을 갔을 때였습니다. 막 탐방로 입구로 들어서는 순간 선생의 휴대폰이 울렸습니다. 이름 없이 번호만 떴는데 선생이 전화를 받았습니다. 옆에서 들으니 상대방의 화난 목소리가 새어 나왔습니다. 급히 제 휴대폰으로 영상 촬영을 시작했습니다.

"어이! 김장하 씨. 민족문제연구소가 뭐 하는 덴 줄 알아요?"

지리산 뱀사골 탐방로 입구에서 전화를 받는 김장하 선생

"잘 모르겠는데, 나를 자세히 모르고 그런 이야기하지 말아요."

"민족문제연구소 후원하지 마세요. 민족연구소가 뭐 하는 덴데? 민족연구소가 거기 박○○이 아들이 하는 데야, 거기 박○○이 하고~. 박○○이가 뭐 하는 사람인 줄 알아요? 돈 있다고 말이야 돈지랄을 하고, 얼마나 ○○한 사람이 많은데, 당신 같은 빨갱이들이 설치는 세상을 만들었어 왜!"

"쓸데없는 소리 말아요."

"어이 김장하 씨, 딴소리 하지 말고 국가에 반성하라고. 반성문 써서 제출해 응? 반성문 써서 제출하라고. 빨갱이 짓해서 미안하다고."

깜짝 놀랐습니다. 목소리로 보아 많아야 40대쯤 되는 남자였습니다. 그가 김장하 선생의 휴대폰 번호는 어찌 알았으며, 민족문제연구소에 후원한 사실은 또 어떻게 알았을까요?

선생한테 물어봤더니 전화는 처음인데, 예전에 문자메시지가 몇 번 왔다고 했습니다. 문자를 확인해 보니 문형배 헌법재판관이 몸담았던 우리법연구회를 선생이 후원했다며 비방하는 내용도 있었습니다. 김장하 선생은 우리법연구회를 후원한 적이 없습니다. 아마도 문형배 재판관에게 장학금 지원을 한 사실을 두고 그러는 듯했습니다.

황당한 사건이었지만, 그동안 지역사회에서는 김장하 선생에 대한 비방과 험담이 많았다고 합니다. 김경현 씨도 『진주신문』 기자 시절부터 그런 말을 많이 들었습니다.

"'학교도 헌납하고 수많은 사회단체에 기부도 하고 이런 게 결국 (국회의원이나 진주시장에 출마하여) 감투 하나 쓰기 위해서 그런 것 아니냐. 그리고 형평운동에 왜 그렇게 많은 집착을 하고 그럴까? 혹시 본인의 출신이 백정 아닌가?' 이런 음해나 헛소문이 많았어요."

"김장하가 전교조에 질려서 학교를 내버렸다"라는 헛소문도 있었습니다. 또 김장하 선생 부부가 전혀 치장하지 않고 수수하게 입는 걸 보고도 '돈도 많은 사람이 유난 떤다'라고 쑥덕이는 사람들도 있었다고 합니다.

김장하 선생한테 자신에 대한 비방과 헛소문을 들어본 적이 있는지 물었습니다.

"나도 그런 말 많이 들었어요. 그러나 결과를 보면 알잖아."

– 세월이 증명해주는 거라고요?
"예. 그걸 다 증명하거나 변명하려고 하지도 않았고, 화를 낼 필요도 없었고…. 그냥 참고 견디는 거죠."

# 선순환이 되면

"선생님은 어려서 집이 가난하셨기 때문에 공부를 많이 하지 못하셨고, 한약방에서 종업원으로 근무하다가 독학으로 한약업사 자격시험에 합격하여 오늘날까지 한약방을 운영하고 계십니다. 선생님은 어린 시절 공부를 많이 하지 못한 한 때문에 장학사업을 하셨고 그 과정에서 저에게 선을 베푸셨습니다. 저도 선생님으로부터 입은 은혜를 언젠가는 다른 사람에게 갚을 것입니다. 이런 선순환이 쌓여 이 사회가 훨씬 단단해지고 아름다워지길 바랍니다. 개인의 자유와 창의, 그 성취는 최대한 보장하되 기회를 제공한 공동체에 성취의 일부를 내놓음으로써, 그에게는 자부심을 이 사회에는 새로운 성취를 거둘 수 있는 토

대가 마련되길 빕니다. 제 평생의 스승이신 김장하 선생님! 건강하십시오."

17년 전인 2008년 문형배 헌법재판관이 자신의 블로그에 쓴 글입니다. 제목은 '선순환이 되면 공동체가 아름다워진다'입니다.

이 제목처럼 김장하 선생의 나눔은 곳곳에서 선순환이 일어나고 있습니다. 이제는 임기를 마치고 퇴임했지만 문형배 전 헌법재판관도 그중 한 명입니다. 헌법재판소장 권한대행으로 자칫 독재국가로 되돌아갈 뻔한 역사의 퇴행을 막아내고 민주주의를 지켰습니다. 김장하 선생처럼 드러내지는 않지만 그도 도움이 필요한 사회의 그늘진 곳에 따뜻한 손길을 내밀고 있습니다.

윤석열 전 대통령이 비상계엄을 선포한 지 사흘째 되던 날 일본에서 대통령의 퇴진을 촉구하는 시국선언이 나왔습니다. 도쿄대, 교토대, 니혼대, 게이오대, 호세이대 등에 재직 중인 한국인 교수와 연구자 234명이 참여한 선언이었습니다.

이토록 신속하게 참여자를 모아 시국선언을 발표하는 데 앞장선 이는 우종원 호세이대 교수였습니다. 그는 회원 수만 1,100명에 이르는 일본사회정책학회 회장이기도 합니다.

　그도 김장하 장학생입니다. 고등학교 1학년 때부터 대학 졸업 때까지 7년간 김장하 선생의 도움으로 공부했습니다.

　'예쁜꼬마선충'을 통해 생명의 신비를 밝혀온 세계적인 생물학자 이준호 서울대 교수도 그랬습니다. 그는 대통령의 계엄 선포 후 동료 교수들을 모아 1차(590명)부터 4차(702명)까지 서울대 시국선언을 이끌어냈습니다. 그 또한 제자들을 위한 다양한 장학사업을 하고 있습니다.

　외교관으로 일하고 있는 정경순 씨는 남성문화재단이 운영 중이던 시절, 자신이 받았던 것처럼 어려운 후배들에게 보탬이 되고 싶어 적지 않은 돈을 보냈습니다.

　지금은 초등학교 교장으로 일하고 있는 장학생 하남칠 씨도 자신의 모교 학생들에게 매년 장학금을 주고 있습니다.

장학생은 아니었지만 명신고등학교 출신으로 김장하 선생을 존경하는 요리사 박영석 씨는 경남 사천에서 이탈리안 레스토랑을 운영하고 있습니다. 그는 종종 저소득층과 다문화 가정 아이들을 초대해 무료로 맛있는 파스타를 제공합니다.

"소득의 불평등은 미각의 불평등을 낳게 되잖아요. 김장하 선생님을 닮고 싶은데 도저히 제가 따라갈 수가 없는 거예요. 그래서 목표를 바꿨죠. 김장하의 100분의 1, 아니 1,000분의 1이라도 되자. 그렇게 100명의 김장하, 1,000명의 김장하가 생기면 사람 사는 세상이 좀 더 빨리 올 수 있지 않을까 생각합니다."

명신고등학교 동창회도 김장하 선생의 뜻을 이어가기 위해 장학회를 만들었습니다.

평범한 회사원인 줄 알았던 장학생 김종명 씨는 알고 보니 지난 2016년 MBC TV 이경규의 양심냉장고 주인공이었습니다. 그는 야간에 아무도 지나가는 사람이 없는 횡단보도에서 정지선을 정확히 지켜 주인공으로 선정되었습니다.

극단 현장이나 예술공동체 큰들, 진주여성민우회, 진주
환경운동연합, 형평운동기념사업회, 진주문화연구소 등
김장하 선생의 직·간접적인 도움을 받았던 단체와 사람
들, 그리고 선생의 이야기가 담긴 책과 영화를 본 사람들
까지 선한 영향력이 바이러스처럼 퍼져나가며 끊임없는
선순환이 이어지고 있습니다.

부록

어록 모음
김장하 선생 연표

김장하 선생

"그래? 마침 이번 대학시험에서 떨어진 친구가 한 명 더 있으니, 그 친구와 같이 재수를 하면 되겠구나. 부산에 있는 입시 학원에 보내줄 테니 둘이서 함께 하숙을 하면서 공부를 해봐라."

- 재수를 하겠다는 장학생에게

"민주화를 위해 자신을 던지는 게 쉬운 일이 아니다. 그 또한 사회에 기여하는 길이다."

- 민주화운동을 하다 교도소에 다녀온 장학생에게

"권력에 순종하여 출세를 하는 것도 나라를 위한 길이 되겠지만, 너처럼 민주화운동을 하는 것도 애국하는 길 중에 하나다. 내가 볼 때는 오히려 네가 더 숭고하다."

- 장학생 우종원에게

"내가 그런 걸 바란 게 아니야. 우리 사회는 평범한 사람들이 지탱하고 있는 거야."

- 장학생 김종명에게

내가 배우지 못했던 원인이 오직 가난이었다면, 그 억울함을 다른 나의 후배들이 가져서는 안 되겠다 하는 것이고, 그리고 한약업에 종사하면서 내가 돈을 번다면 그것은 세상의 병든 이들, 곧 누구보다도 불행한 사람들에게서 거둔 이윤이겠기에 그것은 내 자신을 위해 쓰여져서는 안 되겠다는 생각 때문이었습니다.

- 명신고등학교 이사장 퇴임사

본교 설립의 모든 재원이 세상의 아픈 이들에게서 나온 이상, 이것은 당연히 공공의 것이 되어야 함이 마땅하다는 것이 본인의 입장인 것입니다.

- 명신고등학교 이사장 퇴임사

저의 신조는 앞서 말씀드렸듯, 제가 거둔 금전적 이득은 제 자신을 위해서는 최소한의 필요 이상은 절대 쓰지 않는다는 것이었고, 그 근검 절약의 결과로 쌓이고 쌓인 것이 바로 본교인 것이고 또 그것은 금전적으로도 저의 전 재산이며, 정신적, 상징적으로도 제 전부나 다름이 없는 것입니다.

- 명신고등학교 이사장 퇴임사

개인의 능력은 한계가 있는 것입니다. 제가 계속 이 학교를 움켜쥐고, 지원을 나름대로 해 나간다 하더라도 저의 생전이나 사후에 저와 저를 둘러싼 제반 환경이 어떻게 바뀔지 모르고, 본교의 모습 또한 현재의 발전적인 것을 영원히 지속되리란 보장 또한 희미한 것입니다.

그리고 어차피 공립화의 길을 걸어야 할 수밖에 없다면 시기는 바로 이때가 가장 좋다는 판단이 섰습니다. 곧 학교가 완전히 정상 궤도에 들어서 저의 큰 지원 없이도 운영이 되게 되었고, 학교의 발전 또한, 어느 정도 탄력이 붙었기에 이제 제가 더 이상 필요치 않게 된 시기가 바로 이때가 아닌가 하는 것입니다.

- 명신고등학교 이사장 퇴임사

"내가 그때만 해도 한약방으로 돈도 많이 벌어 학교에 큰 도움이 되었을지 몰라도, 나중에 나이 들어 그럴 형편이 못 되면 괜히 사사로운 욕심이 생길까 두려웠던 겁니다. 그렇게 되면 나도 못난 사학 이사장이 되어 선생님들의 일에 이래라저래라 간섭하려 들 거고, 그렇게 되면 처음 내가 학교를 세우려고 했던 첫 마음을 잃게 될까 봐 두려웠던 거요. 교육이 사업이 되어서는 안 되지 않겠어요. 사업을 하려면 다른 일로 해야지, 학교를 갖고 사업하는 마음으로 하면 큰일 나는 겁니다. 그래서 한 살이라도 더 젊을 때 그냥 국가가 맡아 달라고 내어놓은 겁니다."

- 명신고등학교를 왜 국가에 헌납했냐는 질문에

"우리 할아버지의 가르침을 따랐을 뿐 저의 뜻에서 나온 것은 아무것도 없습니다."

- 주변 어른들의 칭찬에

"명덕은 인간의 본성인 맑고 깨끗한 성품을 늘 밝히고자 하는 것으로 현세의 도처에 자리 잡은 모든 더러운 것과 그것의 유혹에 빠지지 않도록 하는 것이겠고, 그럼으로써 나날이 새로운 사람으로 다시 태어나자는 뜻이 바로 신민일 것입니다."

- 명신고등학교 이사장 퇴임사

"그런 상황에서 그 사람을 채용하면 권력에 굴복하여 그런 결로 될 것이고…. 교육이 바로 서려면 교사가 올바로 서야 하거든. 조직사회에서 내가 어떤 '빽'으로 들어왔다 이걸 뻐기게 되면 그 조직은 무너져버립니다."

- 국회의원의 인사청탁을 거절한 이유를 설명하면서

"서무주임을 임명할 때 내가 그런 얘기를 했어요. 우리 학교는 서무 관계에 대해 부정은 없다. 있는 그대로, 쓰는 그대로 기록해달라. 그랬더니 서무주임 하는 말이 '아니, 그러면 서류하기 일도 아니죠. 적당히 꾸며주라 하는 게 어렵지, 있는 그대로 기록하는 건 천하에 쉬운 일 아니냐' 라고. 그렇기 때문에 나는 자신하고 있었거든. 감사? 그런 방식으로 나오면 나는 오히려 편해요. 교육부 아니라 감사원 감사가 오더라도 걱정할 필요가 없었지."

- 교육부 감사에 대한 생각

"내가 이 험한 세상을 살아오면서 제일 힘이 되었던 것은 비교적 깨끗하게 살아왔다는 것. 그게 하나의 큰 힘이 된 거죠."

- 교육부 감사와 세무서의 세무조사를 받은 후

"옛날에도 여러 정치인이 나에게 그런 부탁을 해왔는데, 나는 정치나 선거운동에는 후원하지 않는다는 신조를 지키고 있소. 그런 신조를 계속 지켜갈 수 있게 이해를 부탁하오."

- 하정우 민주노동당 진주시장 후보의 부탁을 거절하며

"희망과 소신으로 이루고자 하신 일 가슴에 새겨둡니다. 김장하 두 손 모음."

- 노무현 전 대통령 서거 후 봉하마을 묘역 박석에 새긴 글

"줬으면 그만이지, 보상받을 이유가 없지 않습니까?"

- 대기업 재단에서 주고 싶다는 상을 거절하며

"그 당시 제일 문제가 뭐냐면 사회가 겁나는 데가 있어야 하는데, 겁나는 데가 없이 설치면 사회가 몰락하거든. 지방 토호세력이 많았잖아요. (그들이) 무서워하는 데가 있어야 하는데, 그 역할을 『진주신문』이 해줬어야 했어."

- 『진주신문』에 대한 생각

자유민주주의를 지키고 가꾸려는 노력에서 언론의 역할은 새삼 강조할 필요가 없다. 군사정권이 들어선 지 18년이 지난 세월에 10.26사태로 '서울의 봄'이 오려나 하

고 기대했지만 전두환 정권이 또다시 무자비하게 언론과 자유민주주의를 짓밟았다. 그럼에도 어느 언론이고 '아니오'라고 말하는 자가 없고 잘 길들여진 어진 황소처럼 순종할 따름이었다.

이런 시기에 1988년 5월 15일에 송건호 선생이『한겨레신문』 창간을 선언했다. 그로부터 언로가 트이고 비판의 목소리가 나오기 시작했다. 나도『한겨레』주식을 좀 사서 작은 힘이나마 보태고는 언론의 회생에 쾌재를 부르고 있을 때였다. 1990년대의 진주도 가치관의 혼돈으로 인하여 '5도 10적'이라는 토호세력이 불의를 저지르고 사회정의가 사라지고 있을 때 권력과 재물에 휩쓸리지 않는 지역신문을 창간하자는 여론이 비등해졌다. 이에『한겨레』와 같이 '시민주'로 모집한『진주신문』을 창간하게 되었다. 발행 · 편집인 겸 대표이사를 박노정 씨가 맡았다. 성품이 대쪽 같은 기개로 '진주정신'의 구현을 위해 앞장섰다.

- 『한겨레신문』 창간주주로 참여하고『진주신문』을 후원했던 이유

"반 차별 정신을 계승하고 평등사상의 존귀함은 오늘날 사회에도 적용되어야 합니다. 빈부 차별, 성 차별, 장애인에 대한 차별, 노인 차별 등 사회 곳곳에 차별을 발견할 수 있습니다. 70년 전의 반 차별운동을 기념하며, 그 정신을 계승하여 정의사회를 구현하여야 합니다. 오늘의 모임은 이러한 일을 시작하는 작은 옹달샘으로 앞으로 큰 강물을 이룰 수 있기를 기대합니다."

- 1992년 형평운동기념사업회 창립 모임에서

모진 풍진의 세월이 계속될수록 더욱 그리워지는 선생님이십니다.

- 작은 시민이

- 형평운동가 강상호 선생의 묘비에 새긴 글

"사돈댁 마당이 터지는데 솔뿌리 걱정을 하겠습니까."

- '진주문화를 찾아서' 책 발간 계획을 의논하는 회의에서

"여태까지 살아오면서 부끄럽지 않게 살려고 노력을 많이 했지만 아직도 부족한 게 많습니다. 앞으로 남은 세월은 정말 부끄럽지 않게 살도록 노력하겠습니다."

- 2019년 진주 시민들이 연 깜짝 생일잔치에서

해마다 가을이 되면 무엇인가가 기다려졌습니다. '기다림은 만남을 목적으로 하지 않아도 좋다'는 시 구절이 있지만, 가을이 되면 늘 기다려지는 인연이 있었던 겁니다. 그 인연은 울긋불긋 단풍처럼 아름다웠습니다. 지난 서른 해 가까이 동안 늘 그랬습니다.

- 2021년 '진주가을문예' 마지막 시상식에서

"버렸으면 미련없이 버려야지. 줬으면 그만이지. 감사패 그거 뭐 하려고…."

- 경상국립대학교가 주최하는 재산 전달식을 앞두고

재단 설립 20여 년이 지난 오늘 제대로 이루어 놓은 것은 없고 뒤떨어진 지역문화를 발전시키기에는 역부족이었습니다. 이에 남성문화재단을 해산하고 남은 재산을 경상국립대학교에 기부하기로 했습니다. 무거운 짐을 대신 짊어지게 해서 죄송합니다.

- 경상국립대학교에 재산 34억 5,000만 원을 전달하면서

"경이라는 것은 학문을 공부하여 자기 내면의 인격을 수양하는 것, 의는 배우고 익힌 바를 행하는 것을 말합니

다. 결국 학행일치, 선비가 배운 대로 행하지 않으면 그건 학문이 아니라고 했습니다. 요즘 우리 사회가 흐트러진 가장 큰 이유는 배울 만큼 배운 사람들이 배운 대로 행하지 않기 때문입니다. 차라리 몰라서 그러면 괜찮은데, 배울 만큼 배운 사람들이 오히려 질서도 잘 안 지키고 법도 안 지킵니다. 말로는 애국을 외치지만 정작 작은 하나를 행동으로 옮기는 사람은 드문 게 현실입니다. 결국 작은 것 하나라도 행동으로 옮길 수 있을 때 우리 사회는 달라지리라 봅니다."

- 진주정신을 주제로 한 강연에서

"인부지이불온(人不知而不慍)이면 불역군자호(不亦君子乎), 즉 남이 알아주지 않아도 서운해하지 않는다면 이 역시 군자가 아니겠는가."

- 『논어』의 한 대목으로, 김장하 선생이 가장 좋아하는 말

"아, 내가 아직 공부가 모자라는구나. 그렇지, 줬으면 그만인데 무슨 인사를 받으려 했는가. 오히려 내가 공덕을 쌓을 기회를 저 사람이 준 것이니 내가 저 사람한테 고맙다고 인사를 했어야지, 왜 내가 저 사람한테서 인사를 받

으려 한 것이냐."

보시와 베풂이 큰돈에서 비롯되는 것이 아니고 만 원 내는 사람이나 일억 원 내는 사람이나 내는 마음은 똑같다는 얘기입니다. 이래서 재산이 없어도 봉사할 수 있고, 있으면 더 좋고, 그래서 숨 막힐 듯 아귀다툼하는 이 사회에서 우리가 보시를 통해 신선한 공기주머니를 터뜨리는 것과 가뭄 후에 오는 소나기의 시원함을 느낄 수 있는 그런 기회가 되기를 바라는 마음에서 오늘 말씀을 마치겠습니다.

"요새 만 원어치 봉사를 하면서 고아원 앞에서 사진을 찍고 백만 원어치 피알(PR · 홍보)을 한다든지, 그 봉사의 가치를 되받으려 한다든지, 반대급부를 바라고 봉사를 한다든지, 이런 봉사의 개념에서는 정말 맞지 않는 이 스님의 이야기를 우리는 떠올려봐야 하지 않나 생각합니다."

"글쎄, 매일 행복하니까."

- 언제 가장 행복했는지 묻는 질문에

"기소불욕(己所不欲) 물시어인(勿施於人), 즉 내가 하기 싫은 일은 남에게도 시키지 마라."

- 삶의 지침을 묻는 질문에

"똥은 쌓아두면 구린내가 나지만 흩어버리면 거름이 되어 꽃도 피우고 열매도 맺습니다. 돈도 이와 같아서 주변에 나누어야 사회에 꽃이 핍니다."

- 경상국립대 명예박사학위 수여식에서

"식자들이 말하기를 사람은 운명을 타고난다, 혹은 운명은 정해져 있다고 하지만 나는 운명을 바꾸며 살아왔습니다. (…중략…) 결론적으로 얘기하자면 내 운명을 바꾸며 살아온 일이 크게 두 가지가 있는데 그 첫째가 열아홉 살에 한약사 시험을 친 일이고, 두 번째는 재산을 사회에 환원하기로 결심한 일입니다. 지금까지 내가 살아온 이야기를 했는데, 우리는 누구나 인생에서 희로애락을 겪게됩니다. 하지만 '인생은 역경 속에서 어떻게 대처하고 어떤 결심으로 살아가느냐에 따라 자신의 운명을 바꾸며 살 수 있다'는 말을 해주고 싶습니다."

- 경상국립대 명예박사학위 수여식에서

"사주가 좋다 해도 관상이 좋은 것만 못하고(四柱 不如 觀相), 관상이 좋다 해도 신상이 좋은 것만 못하다(觀相 不 如 身相). 신상이 좋다 해도 심상이 좋은 것만 못하다(身相 不如 心相), 즉 만상불여심상(萬相不如心相)이다."

- 사주팔자를 믿지 않는 이유를 설명하며

"사람은 담는 그릇이 있거든. 좀 덜어내야 또 채울 수 있지."

- 재산을 사회에 환원한 이유를 설명하며

"나는 그런 것 못 느꼈어. 돈에 대한 애착도 없었고, '재물은 내 돈이다'라는 생각이 안 들고 언젠가 사회로 다시 돌아갈 돈이고 잠시 내게 위탁했을 뿐이다. 그 생각뿐이야. 이왕 사회로 돌아갈 돈인 바에야 보람있게 돌려줘 보자 그런 거지."

- 돈 버는 재미를 느껴보지 못했느냐는 질문에

"내가 배운 게 없으니 책이라도 많이 읽어야지."

- 책을 왜 그렇게 많이 읽느냐는 질문에

"여러분은 지금 진주성에 무혈입성하셨습니다."

- 형평운동 80주년 행사에 참석한 일본인들에게

"사부작사부작 꼼지락꼼지락 가면 돼."

- 등산이 걱정된다는 사람에게

"아닙니다. 쌀이 훨씬 많습니다."

- 세상에 나쁜 사람들만 있는 것 같다는 하소연에 대해

"거기 보면 칭찬하지도 말고 나무라지도 말고 그냥 가만히 봐주기만 하라고 하잖아요. 참 좋은 책이죠."

- 『미움받을 용기』를 읽었느냐는 질문에

"예. 그걸 다 증명하려고, 변명하려고 하지도 않았고, 화를 낼 필요도 없었고, 그냥 참고 견디는 거죠."

- 자신에 대한 비방과 헛소문에 대해

옛 남성당한약방 앞에 선 김장하 선생과 장학생들. 왼쪽부터 권재열, 우종원, 김장하, 문형배, 이준호.

문형배 전 헌법재판관

"제가 결혼할 때 다짐한 게 있습니다. 평균인의 삶에서 벗어나지 않아야겠다고 생각했습니다. 최근 통계를 보니 평균재산이 가구당 3억 원 남짓 되는 것으로 알고 있습니다. 제 재산은 4억 원 조금 못 되는데요. 평균재산을 넘어선 것 같아서 제가 좀 반성하고 있습니다."

                              - 재산이 너무 적은 것 아니냐는 국회의원의 질문에

"선생은 제게 자유에 기초하여 부를 쌓고 평등을 추구하여 불합리한 차별을 없애며, 박애로 공동체를 튼튼히 연결하는 것이 가능한 곳이 대한민국이라는 것을 몸소 깨우쳐 주셨습니다. 제가 사법시험에 합격하고 인사하러 간 자리에서 '내게 고마워할 필요는 없다. 나는 이 사회의 것을 너에게 주었으니 갚으려거든 내가 아니라 이 사회에 갚아라'라고 하신 선생의 말씀을 저는 한시도 잊은 적이 없습니다."

- 헌법재판관 인사청문회 모두발언

"제가 살아가는 것은 그분 말씀을 실천하는 것, 그것을 유일한 잣대로 저는 살아왔습니다."

- 어떻게 그리 청렴하게 살아왔냐는 국회의원 질문에

고등학교 1학년 때 김장하 선생을 만난 이래 지금까지 한 번도 선생의 가르침을 잊은 적이 없다. 그분은 나에게 대학교까지 장학금을 주셨지만 내가 받은 것은 가르침이었다. (…중략…) 진주지원장으로 부임했으니 식사 한번 대접하겠다고 하여도 공직자와 식사하는 게 불편하다며 거절하는 분. 내 삶이 헛되지 않다면 그 이유는 선생님을 만났기 때문이다.

저도 선생님으로부터 입은 은혜를 언젠가는 다른 사람에게 갚을 것입니다. 이런 선순환이 쌓여 이 사회가 훨씬 단단해지고 아름다워지길 바랍니다.

2012년 2월 인사발령이 나서 진주를 떠나기 전 식사 한 번 대접하겠다는 말씀을 드렸더니 선생님은 또 거절하였습니다. 언제 다시 뵙겠느냐고, 식사 한 번 대접 못하고 떠나는 제 마음도 생각 좀 해주시라고 억지를 부려 겨우 승낙을 얻었고, 7,000원짜리 해물탕을 한 그릇 대접했습니다.

우종원 일본 호세이대 교수

"선생님께서 과묵하신 것도 있지만 그때 젊은 저희한테 해주실 말씀은 많이 있었을지도 모르는데 일부러 안 하신 것 같아요. 왜냐면 선생님이 베푸는 입장이고 또 젊은 친구들한테 자신이 뭔가 말씀을 하시면, 좋은 뜻으로 볼 때는 조언이나 격려가 될 수도 있지만 부담이 될 수도 있지 않습니까? 그러니까 아무리 어린아이라도 한 사람으로 인정하고 존중하면서 '네가 하고 싶은 걸 해봐라' 그렇게 하신 거죠."

이준호 서울대 교수

"선생님은 늘 듣기만 하셨어요. 말씀이라곤 '학교는 어떻노?' '뭐 필요한 건 없나?' 묻기만 하시고, 우리가 이야기하는 걸 들어주셨어요."

권재열 충남대 교수

"제가 도움을 받는 입장이었지만 그게 전혀 저를 위축시키지 않았어요. 혹시라도 그럴까 봐 선생님이 배려를 해주신 덕분인 것 같아요. 그래서 저도 대학 시절 자유롭게 학생운동도 할 수 있었던 거죠."

강성호 목사

"목사가 되기 위해 신학대학원을 진학할 때 가족보다 더 신경 쓰였던 사람은 김장하 선생이었습니다. 그런데 놀랍게도 선생님은 '목사는 우리 사회에 꼭 필요한 사람

이니 열심히 공부해서 좋은 목사가 돼라'라고 말씀해 주
셨습니다. 기독교윤리를 공부하기 위해 유학을 떠나기 전
에 선생님을 찾아 뵈었을 때도 '윤리학이 우리 사회에 꼭
필요한 학문이니 잘 배우고 돌아오라'고 말씀하시면서 격
려해 주셨습니다."

"하나님께서 저에게 허락하신 모든 것이 하나님의 선물
이기에 받은 선물을 혼자 독점하는 것이 아니라 다른 이
들을 위해서 내어주며 헌신하는 삶을 살아야 한다는 교훈
을, 저는 기독교 신자가 아닌 김장하 선생님께 분명하게
배울 수 있었습니다."

정경순 외교관

"선생님은 저에게 이렇게 살아라, 저렇게 살아야 한다
는 그런 말씀을 안 하셨어요. 그럼에도 제가 뭔가를 결정
을 해야 할 때마다 선생님이면 어떻게 결정하셨을까? 그
런 생각을 늘 하면서 살았죠. 선생님께 부끄럽지 않게 살
아야겠다는 그런 생각이죠."

노무현 전 대통령

"참 좋은 분을 만났네. 정말 좋은 분이다. 정치인을 만나 훈수를 하지 않는 사람은 처음이다."

고능석 극단현장 대표

"갚으러 갔죠. 물론 그때도 사정이 좋지는 않았지만 갚아야 한다고 생각했죠. 그런데 선생님이 '절대 안 받겠다'고 하셨어요. '어떻게 내가 당신들한테 받을 수 있냐, 그냥 좋은 일 해라. 계속 연극 잘 하면 된다'고 하셨습니다."

정행길 가정폭력 피해여성 보호시설 이사장

"김장하 이사장님 때문에 오셨죠? 그분은 자신을 알리려고 애쓰는 분이 아닌데 어떻게 이걸 하시게 되었는지 궁금하시다고요?"

"그때 처음 뵈었죠. 인상은 뭐랄까. 아주 공부가 많이 된 스님 같은, 또는 깊은 호수 같은 그런 느낌이었어요. 그때 나이가 50대 초반인가 그랬을 텐데 그런 남성 참 드물잖아요. 자기를 나타내려고 하는 게 전혀 없었어요. 참 호수처럼 잔잔하면서 그러나 안에 내공이 굉장히 깊은 분이구나 그런 느낌이었어요. 이야기하실 때도 조용조용하게 하셨죠."

"김장하 이사장님은 '여성도 인간이다' 거기서부터 출발을 하시더라고요. 너무나 놀라운 일이죠."

"잘 보셨네요. 가운데 자리에 이사장님 자리라고 딱 놔두죠? 사양하세요. 여기서도 제일 끝에 앉아 계시죠? '아유 나 그런데 안 간다' 하면서 스스로 구석진 자리로 항상 가세요. 사람들이 막 이렇게 모시는 걸 또 굉장히 싫어하세요."

박영석 이탈리안 레스토랑 오너셰프

"소득의 불평등은 미각의 불평등을 낳게 되잖아요. 김장하 선생님을 닮고 싶은데 도저히 제가 따라갈 수가 없는 거예요. 그래서 목표를 바꿨죠. 김장하의 100분의 1, 아니 1,000분의 1이라도 되자. 그렇게 100명의 김장하, 1,000명의 김장하가 생기면 사람 사는 세상이 좀 더 빨리 올 수 있지 않을까 생각합니다."

김장하 선생 연표

1944년 1월 16일	경남 사천시 정동면 장산리 노천마을 795번지에서 아버지 김경수(金炅水, 1913~1986)와 어머니 강필순(姜弼順)의 넷째아들로 출생. ※ 할아버지 김정모(金穎模, 1889~1970), 김해 김씨, 호 영은(穎隱)
1952년 6월	어머니 강필순 사망
1956년 3월	정동초등학교 졸업
1959년 2월	사천동성중학교 졸업
1959년	삼천포 남각당한약방에 점원으로 취업
1962년 7월	한약업사(당시 한약종상) 시험 합격
1963년 1월 16일	한약업사 면허 발급
1963년 10월	사천시 용현면 신기리(일명 석거리) 남성당한약방 개업
1964년	사천시 사남면 출신 최송두와 결혼
1970년 12월 21일	할아버지 김정모 사망
1973년 3월	진주시 장대동 106-2번지로 남성당한약방 이전
1977년 4월	진주시 동성동 212-5번지로 남성당한약방 이전
1982년 8월	학교법인 석은학원 인수
1983년 8월 11일	학교법인 남성학숙 설립 이사장 취임
1984년 3월 2일	명신고등학교 개교
1986년 1월 16일	아버지 김경수 사망
1990년	진주신문 창간 주주 및 이사
1991년 8월 17일	명신고등학교 국가 기증 선언
1991년 9월 1일	명신고등학교 공립 전환
1992년 4월	국민훈장 모란장 서훈
1992년	진주환경운동연합 고문
1992~2004년	형평운동기념사업회 회장
1992~1996년	경상대학교 남명학연구 후원회장 역임

1995년	진주신문 가을문예 시작
1995년	진주문화사랑모임 부회장
1997년 2월	경상국립대학교 경영행정대학원 최고관리자과정 수료
1996~2000년	한국가정법률상담소 진주지부 이사장
1996~2001년	경상국립대학교 발전후원회 회장
1997~2003년	경상국립대학교 남명학관 건립추진위원회 위원장
1998~2001년	경남한약협회 회장
2000년	지리산살리기국민행동 영남대표
2000년 3월 11일	재단법인 남성문화재단 설립 이사장 취임
2000년	진주신문 가을문예, 남성문화재단으로 이관
2000년	진주오광대보존회 이사장
2001년 7월 11일	'진주문화를 찾아서' 문고판 출간 지원 시작(이후 23권)
2002년 3월 21일	가정폭력 피해여성 보호시설 내일을 여는 집 개관
2002년	지리산생명연대 공동대표 및 상임의장
2005년	사단법인 진주문화연구소 이사
2008년	뉴스사천 발기인 및 주주 참여
2008년 10월 15일	경상국립대학교 명예문학박사 학위 수여
2019년	진주지역 시민사회단체 김장하 75회 깜짝 생일잔치
2021년 12월 4일	진주가을문예 마지막 시상식
2021년 12월 9일	남성문화재단 해산, 잔여재산 경상국립대에 기증
2022년 5월 31일	남성당한약방 폐업